大自然の魔法師アシュト、廃れた領地でスローライフ 2

さとう
SATOU

Illustration
Yoshimo

フィルハモニカ
透き通った羽根を持つ
ハイピクシーの少女。
特技はシロップ作り。
アシュト
本作の主人公。
魔法適性が「植物」だった
ために家を追放され、
魔境オーベルシュタインの
領主となる。
エルミナ
希少種族
ハイエルフの美少女。
こう見えて
大のお酒好き。
ポンタ
ブラックモール族という
ふわふわなモグラさん。
鉱石を掘るのが
大得意。

ディミトリ
「悪魔商人」を名乗る
ディアボロス族の男性。
全てが怪しすぎる……
クララベル
元気いっぱいな、
ローレライの妹。
姉とアシュトのことが
大好き。
ローレライ
ドラゴンロード王国の
お姫様。とある事件により
アシュトの村へ保護される。
CHARACTERS
主な登場人物

第一章　アシュトと生命《いのち》の果実

俺の名前はアシュト。ビッグバロッグ王国の名門貴族、エストレイヤ家の次男。いや、正確には元次男か……代々、強く才能溢《あふ》れる将軍を輩出《はいしゅつ》してきたエストレイヤ家だが、俺は落ちこぼれだった。魔法適性が『植物』という、ハズレ魔法師だったのだ。

父上に見限られ、幼馴染《おさななじ》みで結婚の約束までした好きな女の子――ミュディが兄の婚約者となったのを契機に、俺は家を出ることを決意。エストレイヤ家が代々管理を任されている魔境《まきょう》の森、『オーベルシュタイン』にやってきた。まあ結局、兄の婚約はなかったことにされたんだけどね。

俺はオーベルシュタインでのんびり暮らそうと思っていたのだが、そこでたまたま希少種族であるハイエルフの少女エルミナと出会い、周囲の環境がガラリと変わっていく。

他にも銀猫《ぎんねこ》族、エルダードワーフ、デーモンオーガといった多数の希少種族が俺のもとへ集まり、いつの間にか数人の集まりが『村』くらいの規模になった。

そこにミュディが、怪我をした妹のシェリーを運んできたときは驚いたな……二人とも、家を出た俺を心配して、貴族の生活を捨てて探しに来てくれたらしい。俺はシェリーに嫌われていると思ったが、そんなことはなかった。様々な誤解が解けた今では、村で一緒に暮らしている。

最近ではハイエルフの里と交易《こうえき》をするようにもなって……慌《あわ》ただしい毎日を送っている。

オーベルシュタインで始まった新生活は、毎日が充実していた。

◇◇◇◇◇◇

朝、俺はにゃんこ少女とわんこ少女に起こされ、総勢八人で朝食を食べる。俺、シェリー、ミュディ、銀猫族の少女ミュアちゃんと魔犬《まけん》族のライラちゃん、薬草幼女のマンドレイクとアルラウネ、そして家政婦として働いてくれている銀猫族のシルメリアさんだ。

朝食が終わると、俺とマンドレイクとアルラウネ、そして外で寝ていた『植木人《ツリーマン》』ウッドは温室と畑の手入れに向かう。その際、最近一緒に暮らすようになった子狼《ころう》シロのエサを持っていくことを忘れない。シロは家で食べるより、外で食べるのが好きみたいだ。

大樹ユグドラシルの下にある狼《おおかみ》小屋にいるシロは、俺を見るなり飛びついてくる。

『きゃんきゃんっ』

「よーしよーし、エサの時間だぞ」

『きゃううぅん』

シロにエサをあげたあとは、温室と畑の手入れをする。雑草を抜き、水をあげ、少し弱っている薬草には肥料《ひりょう》を与える。これだけでけっこうな時間が過ぎる。

作業が終わると、マンドレイクとアルラウネとウッドは、ミュアちゃんたちと合流して一緒に遊ぶ。最近はシロを連れていくようになった。

以前はこのまま家で読書をしたり、採取した薬草を調合して薬のストックを作ったり、新薬の研究をしたりしていたんだよな。が、いろんな人から『引きこもり』と言われたのが心に突き刺さったのと、村の住民が俺のために風呂を作ってくれたことで、もっと村のためにできることをしようと考えるようになった。

まず、村の中を見回るようになった。

そして、それぞれの種族に挨拶《あいさつ》する。

一番よく声をかけるのは銀猫族だ。彼女たちは、エルダードワーフのサポートの他、住民の家の掃除や、食事の支度《したく》などをしている。最近は、村民浴場の掃除もするようになった。銀猫族は五十人いるけど……仕事量に対しての人数が少し足りないような気がしてきた。

次に、エルダードワーフ。彼らは人数も増え、それぞれの仕事に打ち込んでいる。

建築班は相変わらず忙しい。俺が依頼した図書館の建設も始まった。

鍛冶《かじ》班は、セントウ酒用の水瓶《みずがめ》、スライム製の瓶《びん》や食器、家具の作製に追われている。

酒蔵《しゅぞう》班に関しては言わずもがな。この村の命と言っていい。力の入れ方がハンパじゃない。

農耕班も同じだ。何しろ、『成長促進《グロウアップ》』をかけた農作物の成長速度は尋常ではない。ハイエルフたちも手伝って収穫している。

そして、魔犬族だ。デーモンオーガのディアムドさん一家が加わったことで、魔犬族の男性は狩りより解体に力を入れるようになった。もちろん、腕を磨《みが》くために自らも狩りに出かけることだってある。解体した魔獣《まじゅう》の肉を銀猫族に届けるのも彼らの役目だ。

魔犬族の少女達は、裁縫《さいほう》活動をしていた。服や下着だけじゃなく、収穫した綿《めん》を使って布団を作ったり、スライム製の瓶のラベルも作製したりしている。最近は少し余裕が出てきたのか、布製の小物を工作して女性たちにプレゼントしてるようだ。

バルギルドさん一家とディアムドさん一家のデーモンオーガ両家は、狩りに忙しかった。

一人でも恐ろしいのに、八人で狩りをするんだ。魔獣が不憫《ふびん》でしょうがない。

家長のバルギルドさんとディアムドさんは毎晩一緒に晩酌《ばんしゃく》し、奥さんのアーモさんとネマさんもよく混ざってお話してる。子供たちはというと、シンハくんはキリンジくんに稽古《けいこ》を付けてもらい、ノーマちゃんはエイラちゃんとお泊まり会をよくしていた。

ハイエルフは、里からの移住を募《つの》ったこともあって三十人も増えた。先日、彼女たちはブドウ園の拡張を依頼してきたんだよな。

なので、ブドウ園を一気に二倍に広げ、ハイエルフの里から持ってきた新種のブドウや、それ以外の果物を植えた果樹園も拡張。エルミナをリーダーとして管理を任せた。

今は新種のブドウを使ったワインや、ブレンドワインの研究も進めてるようだ。

シェリーは、ブドウ園を手伝いつつ、果物を使った氷菓子の研究を始めた。

冷たい飲み物やお菓子があれば、暑い外で仕事をしている村人たちの作業も捗《はかど》るんじゃないかと、ミュディに相談しつつ試行錯誤している。兄として応援したい。

ミュディは、裁縫活動に力を入れていた。ちなみに、俺の着てる服や下着はミュディが作った物である。

それ以外にも、ミュディはお菓子作りを銀猫族たちと勉強したり、新作の甘味《かんみ》を子供たちにあげたりして喜ばれている。

村での生活はとても充実していた。

俺も、毎日がすごく楽しかった……

だから、ついつい油断していたんだよなぁ……ははは。

◇◇◇◇◇

朝、珍《めずら》しくシェリーとミュディが温室の手入れを手伝ってくれた。

なんでも最近、俺と一緒にいる時間が少ないから、今日は一日俺に付き合うとのこと。

温室の手入れを終え、シロのもとへ向かう。

狼小屋に行くと、シェリーがかがんで呼びかける。

「しーろっ!!　おいでおいで」

『きゃんきゃんっ!!』

「わぁ、かわいいなぁ」

その様子を羨《うらや》ましそうに眺《なが》めるミュディ。

「ははは、おいシェリー、ミュディにも抱《だ》かせてやれよ」

俺が笑いながら言うと、シェリーは素直に頷いた。

「はーい。ほらミュディ、ふっかふかよぉ～♪」

「きゃあ、カワイイ～♪」

シロを抱っこするミュディは、とても幸せそうだ。

子狼のシロはまだまだ小さい。でも、いずれはハイエルフの里にいたフェンリルのような巨体になるのだろうか。こうやって抱っこしてフカフカできるのもそう長くはないかもしれない。

「……それにしても、ユグドラシルか」

狼小屋のすぐそばにそびえるユグドラシルを見ながら呟《つぶや》くと、シェリーが反応する。

「ん、どう見てもフツーの木にしか見えないけどね」

「ああ確かに……って、待てよ？」

俺は『緑龍の知識書《ムルシエラゴ・グリモワール》』を開いて確認する。

****

《簡単!!　エリクシールの作り方》

○材料

・マンドレイクの葉　・アルラウネの葉　・賢者の石　・ソーマ水

・ユニコーンの角　・古龍《こりゅう》の鱗《うろこ》　・大樹ユグドラシルの枝　・オリハルコンの鍋《なべ》

****

「あ、やっぱり。エリクシールの材料にユグドラシルの枝がある」

用途は、オリハルコンの鍋に入れた材料を、かき混ぜるためみたいだ。

ハイエルフの里ほど大きくないが、このユグドラシルも大樹である。枝を拝借できないだろうか。

俺は、ミュディが抱っこしてるシロに確認してみる。

「なぁシロ、ユグドラシルの木から枝をもらいたいんだけど……いいか？」

『きゃんきゃんっ!!』

わからん。

枝を折ったら悲しい顔をするかも。それとも噛みついてきたりして……

すると、ミュディの手の中からするりと抜け出したシロは大樹の周りをグルグル回る。そして、ひと鳴き。

『きゃんっ!!』

「……いいのか？」

『きゃんきゃんっ!!』

了承するように首を縦に振って吠《ほ》えるシロ。どうやら、枝をもらってもいいらしい。

と、その時。シロは、ユグドラシルの木に駆け上がり、口で器用に枝を一本ポキっと折った。そして飛び降りると、咥《くわ》えた枝を俺に渡そうとしてくる。

「おお、ありがとうシロ……ん？」

シロが咥えた枝には果実が実《みの》っていた。

「ユグドラシルの果実？　……って、実が生《な》るのか？」

「形はリンゴみたいだね。でも色は黄色……いや、金色？　あと、ちょっと小さい……」

「ねぇねぇ、小さいし、三人で食べちゃおうよ」

首を捻《ひね》る俺とミュディに、シェリーがそう提案してきた。その言葉にミュディが頷く。

「そうだね。ねぇアシュト、近くの休憩小屋にナイフがあったよね」

「おお。じゃあ行くか」

家に帰って子供たちと分けるとかなり小さくなる。せっかくだし、このまま三人で食べちゃおう。

小屋に向かい、ミュディにユグドラシルの実をカットしてもらう。ついでに、冷蔵庫で冷やして
あるブドウジュースも出した。

「じゃ、いただきまーす」

カットした実は小さく、一仕事終えたあとの甘味としてはちょうどいい。

口に入れて咀嚼《そしゃく》すると、甘い蜜《みつ》の味が口に広がった。

「うん、美味《うま》いな」

俺が言うと、シェリーも同意する。

「だね〜。なんか蜜が多くない？」

シェリーの言葉にミュディが頷く。

「そうだね。それに、普通のリンゴより甘いし、酸味も強いかなぁ」

実は、あっという間になくなった。

ブドウジュースを飲んでまったり過ごす。

「ふっふっふ。これで三つ目だ」

「何がよ？　お兄ちゃん」

「このユグドラシルの枝だよ。霊薬《れいやく》エリクシールの素材の一つだ」

俺が答えると、ミュディが聞いてきた。

「そういえば、マンドレイクちゃんとアルラウネちゃんの葉っぱも素材なんだよね？　アシュト」

「ああ。毎日頭の葉っぱをくれるんだ」

あの二人、頭の葉をブチッと毟《むし》って俺に渡すんだよな。痛みはないらしいけど、自分の身体の一部を引き千切る姿はあまり見たくない。それに、現状では使い道がないのも問題だ。スライム製の試験管に保存してあるけど、かなり数が増えてきた。

伝説の薬草がいっぱい……王宮菜園のエルフに見せたら卒倒《そっとう》するぞ。

おやつタイムを終え、村を散歩することにした。

村というか、最近はもう町と言っていいほど建物が増えてきた。ドワーフもこだわりがあるのか、それぞれの住居は形を似せつつも一軒ごとに少しずつ意匠《いしょう》を変えて建築してる。ぶっちゃけ建設を楽しんでるフシがある。

歩いていると、エルミナ、メージュ、ルネアのハイエルフトリオに出会った。

「お、アシュトたちじゃん」

エルミナは手をフリフリして俺たちのもとへ。

エルミナはいつも楽しそうだ。自身の祖父であるギーグベッグさんに過去のことを謝り、許しを得てから、さらに元気になったような気がする。

その時ギーグベッグさんの口から飛び出た俺とエルミナの結婚云々《うんぬん》は、有耶無耶《うやむや》になったみたいだ………ま、まぁその、残念とは思わなくも……うん。

「ようエルミナ、散歩か？」

「まぁね。そうだアシュト、またユグドラシルを見に行っていい？」

「ああ、かまわないぞ。シロと遊んでやってくれ」

「もちろん!!」

ハイエルフたちは、俺の農園に植えてあるユグドラシルに、よく祈りを捧《ささ》げている。

里の物と比べると小さいながらも、ハイエルフの象徴だ。里でもよく祈りを捧げていたらしい。

普段はおちゃらけたイメージのエルミナだが、以前見かけた祈りを捧げる姿はとても美しく見えた。

その時のことを思い返していたら、エルミナはこんなことを言った。

「ユグドラシルに祈りを捧げれば、『生命《いのち》の果実』が実るかもしれないからね」

「……いのちの、果実？」

「うん。私たちハイエルフの長寿の秘訣《ひけつ》でもあるのよ？　ユグドラシルの大樹にたった一つ実ると言われている伝説の果実なの」

と、エルミナの説明をメージュが補足する。

「エルフの寿命は数百年だけど、ハイエルフの寿命はほぼ無限に等しい。それは、『生命の果実』

を食べたエルフが進化したからだと伝えられているわ」

「「「…………」」」

サァーーーーっと、冷たい汗が背中に流れた。

「え、エルミナ……その、『生命の果実』って？」

「なによシェリー、興味あるの？」

「あ、あるっていうか……」

「ミュディも、顔色悪いわよ？」

「な、なぁエルミナ。その果実を食べるとどうなるんだ……？」

「アシュトまで……」

エルミナは言った。

「『生命の果実』は、長寿の実とも呼ばれてるの」

「「「…………」」」

「要するに、『生命の果実』を食べると、寿命がかなーり延びるのよ」

「「「…………」」」

あー…………ええと。

「ち、ちなみに……どんな形をした実だ？」

「形？　私は見たことないけど、伝承ではリンゴみたいな形らしいわよ」

「…………マジで？」

つまり、やっちゃいました？

どうやら俺たち、かなり寿命が延びたみたいです。

◇◇◇◇◇◇

「なぁ～るほどねぇ……ユグドラシルの果実を食べちゃったの♪」

「はい……その、大丈夫でしょうか？」

「ふふふ♪」

現在、俺とシェリーとミュディは、『神話七龍《しんわしちりゅう》』の一体、シエラ様に相談していた。

内容はもちろん、俺たちが食べたユグドラシルの果実についてだ。

すると、シエラ様はどことなく楽しそうに言う。

「おめでとう。キミたちは人間を超えた人間、そうね……ハイヒューマンと名付けましょうか。に、なっちゃいました～っ♪」

「「え」」

「残念だけど、私でもどうにもならないわ。ふふ、キミたちは人間の新しい可能性に至った……とは言っても、寿命がハイエルフ並みになったくらいだから安心してね。肉体の老化はゆ～～っくりになるから、いつまでも若々しくいられるわよ♪」

こうして、俺とシェリーとミュディは、人類の新しい扉を開けた。

かつて、エルフの一人がユグドラシルの果実を食べて、ハイエルフに進化したように。

まさか、おやつ感覚で食べた果実でこんなことになるとは……人生わからん。

でも、これは喜んでいいことなのだろうか。長寿ということは、他の人間とは違う時間の流れの中で過ごさなくてはならない。ハイエルフは『自分は長寿なんだ』と幼い頃から理解しているから、それが当たり前だと思える。でも、俺たちにそんな覚悟はできていない。

俺がもっと注意していれば、こんなことには……俺は、ミュディとシェリーの人生を大きく変えてしまった。

「ミュディ、シェリー、本当にすまない……」

もう手遅れ。なら……俺には謝ることしかできない。

しかし――

「え？　別にいいじゃん。ねぇミュディ」

「うん。だってそれって、アシュトやみんなとずっと一緒に過ごせるってことだもんね」

「…………はい？」

二人とも、めっちゃ平然としてた。

俺の心配は杞憂《きゆう》だったようだ。

このことを、各種族のみんなに言ったら喜んでいた。

エルミナたちは、ユグドラシルの果実を食べたことを特に咎《とが》めず、むしろこれからずっと一緒に村で暮らせると大喜びしていた。そもそも、ユグドラシルに果実が実ったら、俺たちに食べさせるつもりだったらしい。

エルダードワーフたちは「ふーん。まぁよかったじゃねえか」で終わり、銀猫族は「末永《すえなが》く、お世話させていただきます」の一言、魔犬族からは「さすがアシュト村長!!」というよくわからないコメントをもらった。デーモンオーガ一家も「おめでとう!!」と言ってたし……みんな長寿種族だからか、深く考えてないみたいだ。

とはいえシェリーとミュディの反応ときたら……なんというか、こいつらも大物だよな。

さて、寿命が延びても特に変わらない生活を送る俺たち。

やがてこの村に、新しい種族がやってきた。

第二章　花妖精《ハイピクシー》と甘い蜜

ある日の早朝。久し振りに一人で温室へ向かうと、ユグドラシルの樹木の一部が瞬《またた》くように光っていた。

『きゃんっ!!　きゃんきゃんっ!!』

シロがユグドラシルの樹の周囲をグルグル回って吠えている。

何事かと思い、腰から杖を抜いて近付くと、光源の正体がわかった。

『しっしっ、もうあっち行ってよーっ』

『うぅ～っ、なんでフェンリルがいるのぉ～っ』

『ふわぁ～ん』

それは、全長二十センチくらいの、透き通った羽根を生やした女の子たちだった。

羽根は蝶々《ちょうちょう》のような形をしており、ガラスみたいに透明。そこからキラキラと光る鱗粉《りんぷん》を撒《ま》いていたのである。

数は三十四……いや三十人くらいか。シロに吠えられて上の方に避難している。

するとと、女の子の一人が俺に気付いた。

『ねぇねぇ助けてよぉ～っ、このワンコなんとかしてぇ～っ!!』

「あ、ああ……シロ、こっちおいで。ほら」

『くぅぅん』

シロを撫でて大人しくさせ、お座りを命じる。この子は頭がいいので、俺の命令があるまでこのまま動かない。

すると、助けを求めてきた女の子が俺の近くまで飛んできた。

羽根をパタパタさせて顔の前で止まる。

『手』

「て?」

『手を出して、手!!』

「あ、うん」

手のひらを上にして胸の位置まで持ってくると、女の子はその上に着地した。すげぇな、まったく重さを感じないぞ。

『助けてくれてありがとう!!　食べられちゃうかと思ったわ……』

「ははは、シロはそんなことしないよ。それより、キミたちは？」

『わたしたち？　見ての通り『花妖精《ハイピクシー》』よ。おいしいマナを求めていろんなところを回ってるんだけど、ここに生えてる樹からす～～っごく濃くて甘いマナが出てるのに気が付いたの!!　みんなでここに住もうと思って来たら、フェンリルの子供がいて……』

「……そうなのか」

ハイピクシーねぇ……うーん、いろんな種族がいるんだなぁ。

樹を見上げると、ハイピクシーの少女たちが枝の上に座ってこっちを見ている。

『へぇ……このユグドラシル、あなたと繋《つな》がってるのね。もしかしてこれを植えたのはあなた？』

女の子が話しかけてきたので視線を戻して答える。

「そうだよ。それと、住むなら好きにしていいよ。ただ、ここにはいろんな人が住んでるけど、大丈夫か？」

『うん。あんまりヒューマンとは関わったことないけど大丈夫。あなたのお名前は？』

「俺はアシュト。よろしくな」

『わたしはフィルハモニカ。フィルでいいよ!!』

ハイピクシーのフィルハモニカ。

長い金色のストレートヘアに桃色のドレスを着て、透き通る蝶々の羽根をパタパタさせてる。

フィルハモニカは、俺の周りをパタパタ飛び、顔の前で止まった。

『ちゃんとお礼はしてあげる!!　楽しみにしててね!!』

こうして、新しい住人のハイピクシーが加わった。

◇◇◇◇◇◇

ハイピクシー。

初めて聞いた種族だが、エルミナたちは知っていた。けっこう昔、ハイエルフの里にも住んでいたらしい。

だが、ハイエルフの里にあるユグドラシルのマナが薄くなり、よりよいマナを求めて旅立ってしまったのだとか。

ハイピクシーの個体は全て女性で、出産ではなく分裂に近い方法で増えるそうだ。

主食はマナ。俺たち風に言うと魔力そのもの。

しかし飲食は可能で、セントウやブドウ、新しく実ったオレンジやバナナを美味《おい》しそうに食べていた。マナは十日に一度、ユグドラシルの樹に集まって吸収すればいいらしく、食事は単なる趣味の一つだそうだ。

住まいは鳥の巣箱のような家を作って、村の中にある樹木の上に、いくつか設置した。

箱の中には小型のベッドや椅子やテーブルも置いてある。もちろん全てエルダードワーフ製。布団や枕などは魔犬族の少女たちに作ってもらった。

たった数日しか経ってないのに、今や、村の中にある木の上はハイピクシーの家でいっぱいだ。

ハイピクシーたちは、村人たちとすぐに馴染んだ。

特に、子供たちとは気が合うのか、一緒に遊ぶことが多い。

『わーいっ!!　こっちこっち～っ!!』

「にゃうーっ!!　まてまてーっ」

「わふーっ!!」

『捕まらないよーっ!!』

「まんどれーいくっ!!」

「あるらうねーっ!!」

ミュアちゃん、ライラちゃん、マンドレイク、アルラウネたちは、ハイピクシーとよく追いかけっこして遊んでいる。

フワフワ飛ぶハイピクシーたちを捕まえようと、村中を走り回っているのだ。

そんなハイピクシーのリーダー、フィルハモニカ。通称フィルは、俺の肩を椅子代わりにして、のんびりすることが多かった。というか、そこが定位置であるかのようにいつも座っている。

『みんなはユグドラシルからマナを吸収するけど、わたしはアシュトから吸収してるの』

「え、そうなのか？　……なんで？」

『だって、アシュトを経由したマナは深みがあって美味しいのよ。この味はお子様にはわからないわね』

「そ、そうなんだ……」

いつの間にか、フィルに魔力を吸われていたらしい。

俺の魔力って深みがあるのか……よくわからん。

◇◇◇◇◇

数日後。

ユグドラシルで魔力を補給したハイピクシーたちと、俺から魔力を吸収したフィルが集まり、こんなことを言った。

『アシュト、小瓶をちょうだい』

「小瓶？　何に使うんだ？」

『言ったでしょ、お礼をするのよ!!』

「？」

とりあえず、言われた通りに小瓶をいくつか渡す。

ハイピクシーは三十人。三人で一個として合計十個の瓶を渡した。元々はジャムを入れるための容器で、サイズはフィルたちより少し小さい。

ハイピクシーのリーダーであるフィルは、仲間たちに号令をかける。

『じゃあみんな、手分けして行くわよーっ!!』

『『『『おーっ!!』』』』

そう言って、森の中へ消えていった。

よくわからないまま見送り、俺は村の外れに向かう。するとそこにはエルダードワーフのアウグストさんと、新しく建設中の建物があった。

「ん……おう村長、どうした？」

「お疲れ様ですアウグストさん。ちょっと気になって……」

「はっはっはっ!!　まだ時間が必要だ。もう少し待ってくれや」

「はい。急《せ》かしてるようで申し訳ない」

「まぁ、村長の希望をふんだんに取り入れた建物だ。絶対に手抜きはできねぇ」

そう、今建てているのは俺が依頼した『図書館』である。

ビッグバロッグ王国にある巨大図書館を参考に、アウグストさんに図面を引いてもらった。

形は円柱形で、木の支柱を建てて周囲に煉瓦《レンガ》を積み上げていく。内壁《ないへき》一面が本棚となり、フロアは読書スペースにする予定。階段を設け、階層を作るつもりだ。

図書館が完成したら、ハイエルフ長のヂーグベッグさんが書いた本を収める手はずになっている。

今も、交易の度に大量の書物が送られてくる。それらは今、酒蔵の一つを倉庫代わりにして傷《いた》まないように仕舞《しま》ってあるけど……余談だが、俺が本を喜んでいたことを伝えたら、ヂーグベッグさんは歓喜したのだとか。

まぁ、本はありがたいので素直に受け取っておく。

作業中のドワーフと銀猫族を眺めていると、アウグストさんが言った。

「あのよ、村長……文句というわけじゃねぇんだが、ちと相談がある」

「はい？」

「銀猫族の手伝いはありがてぇ。身体能力は高《たけ》えし重い丸太も難なく持ちやがる。でもよ、やっぱ若え女《わけ》を手伝わせるのはちとなぁ……あの子たちは大工仕事だけじゃなく、オレらの家事や炊事もしてくれるし、さすがに申し訳ないぜ」

「あー……」

現在、銀猫族はドワーフの手伝いと村の手伝いの両方をこなしている。

村の手伝いは、各家庭の家事や農園の整備など、かなりの激務だ。大工仕事だってもちろん大変で、手や指を切った銀猫たちが手当てをしてもらいに診察室を訪れることも少なくない。

力のある男手が欲しいな……でも、そんなに都合よく人は増えない。

「……なんとか他の人手を増やしたいですけど」

「悪い、そんなつもりじゃねぇんだ。忘れてくれ」

アウグストさんは神妙な顔で作業に戻っていった。

難しい問題だ。これればかりは魔法じゃどうしようもない。

◇◇◇◇◇◇

家に帰ろうと歩いている途中、フィルが戻ってきた。

『アシュトアシュト、こっち来て!!』

「おかえりフィル。な、なんだ?」

『いいから!!』

フィルに付いていって到着したのは、俺の家。

玄関前にはハイピクシーが集まっており、家の前に置いてある丸太のテーブルの上に、フィルたちが持っていった小瓶が並べて置いてあった。中には乳白色のトロッとした液体が入っている。

『これ、マナのお礼よ!!』

「フィル、この液体は……?」

『ふふーん。これは『花妖精の蜜《フェアリーシロップ》』。わたしたちハイピクシーにしか作れない、とーっても美味しいシロップなんだから!!』

「へぇ～、初めて見たなぁ。ちょっと味見していいか?」

『どうぞ!!』

液体に小指を軽く付けて掬《すく》うと、まるで糸のようにトローッとシロップが伸びた。

そのままペロッと舐《な》める……不思議な甘さだ。濃厚でトロトロだが喉越《のどご》しがよく、飽きが来ずにいつまでも舐められる。これは美味い!!

『花の蜜や森の木の実を砕《くだ》いて混ぜ合わせて、わたしたちのマナで美味しく味付けしてあるの!! お酒に混ぜればどんな種類でも『花妖精の蜜酒《フェアリーミード》』になるし、パンやクッキーに塗ればたちまち最高級のお菓子に早変わり!!』

「ははは、そうなのか?」

『まーね!! 大昔、人間に作ってあげたことがあってね。その時にそう言われたのよ!!』

「へぇ〜……」

フィルは誇らしげに胸を張り、他のハイピクシーたちも嬉しそうに俺の周りをクルクル飛んだ。

それからも、ハイピクシーたちは定期的に『花妖精の蜜《フェアリーシロップ》』を作ってくれた。

驚いたことに、ワインだろうがエールだろうがウイスキーだろうが、このシロップを混ぜるとたちまち蜜酒《みつしゅ》に変わってしまった。しかも甘くて飲みやすく、ジュースみたいなお酒だ。

また、フィルの言った通り、パンやクッキーに塗ってもとても美味しい。最近、ミュディがシロップを使った新しいお菓子レシピを考え始めている。

この村でのハイピクシーの仕事は、シロップ作りといったところかな。

ちなみに、あとになって次のようなことも明らかになる。

ビッグバロッグ王国で、この『花妖精の蜜《フェアリーシロップ》』が、エリクシールと同列の国宝に指定されているということ。そしてエリクシールが保管されてる『神物庫《しんぶつこ》』に、かつてフィルが人間に贈ったという『花妖精の蜜《フェアリーシロップ》』が保管されているということ。

そんなことも知らず、俺たちはシロップを舐めまくった。

ハイピクシーたちが移住し、村はさらに活気に包まれた。

そういった中、俺の想像を遥《はる》かに超えた来訪者が現れたのである。

第三章　焱龍《えんりゅう》ヴォルカヌスとサラマンダー族

「ほぉぉ～……いいマナで溢れてやがる。さすがはムルシエラゴの眷属《けんぞく》と言ったところか。なぁオメーら!!」

「「「「へいっ!!　オヤジっ!!」」」」

なんだろう、この野性味溢れる人（？）たちは。

デーモンオーガの両家が狩りで不在の中、いきなり村にやってきたのは、三メートル近い大男と、それに付き従う赤いトカゲのような人たちだった。

それに対応したのは当然、村長である俺。

護衛にシェリーを付けて、村の入口で応対する。

村民に不安を与えないために、いつも通りの仕事を続けるようにと事前にミュディに伝令を頼んでおいた。

そして、俺は緊張で汗をダラダラ掻《か》きながら大男の前に立つ。

「カッカッカ、そうビビんじゃねぇよ。取って喰《く》いやしねぇ。ちと昔のダチに話を聞いて、オレも見に来たんだよ」

大男は、俺の肩をバンバン叩く。

「は、はぃ？　つどわぁっ⁉」

「お、お兄ちゃんっ⁉」

その力があまりにも強く、体勢が崩《くず》れて尻もちをついてしまった。

「そうしゃっちょこばるなって‼　肩のチカラ抜けや‼」

どうやら敵意はないようだけど……

「こら、私のアシュトくんをイジメないでよ」

ふわりと、聞き慣れた声が聞こえた。

俺とシェリーの後ろから現れたのは、いつも通りフワッとした笑みを浮かべるシエラ様だ。

大男はゲラゲラ笑う。

「よぉムルシエラゴ。遊びに来てやったぜ‼」

「まったく。相変わらず暑苦しいわね、ヴォルカヌス」

「「……え、ヴォルカヌス？」」

俺とシェリーは揃って驚いた。

シェリーの手を借りて立ち上がり、目の前の大男を凝視《ぎょうし》する。

「オレは焱龍ヴォルカヌス。よろしくな、アシュト‼」

目の前の大男は緑龍《りょくりゅう》ムルシエラゴ様と同じ……『神話七龍』の名を持っていた。

◇◇◇◇◇◇

人数が多いので、大宴会場《だいえんかいじょう》に移動した。

というか、ヴォルカヌス様が連れてきたのは人じゃない。真っ赤な鱗に長い尻尾《しっぽ》、顔は龍の如《ごと》き異形《いぎょう》、二足歩行の赤いトカゲのような獣人《じゅうじん》……いや、『亜人《あじん》』だった。

人間の特徴を持ち、一部に獣《けもの》の形質を持つ者たちを獣人と呼び、魔獣の特徴を持ち、一部に人間の形質を持つ者を亜人と呼ぶ。似ているようだがまったく違う。

獣人は、人間と交わることが可能だが、亜人の多くは卵生のため、人間と交わることができない。見た目も生態も人間とは大きくかけ離れている、独特な種族。

せっかく大宴会場に移動したのに、赤いトカゲのような亜人たちは壁に沿って一列に並んで微動《びどう》だにしなかった。接客をお願いした銀猫族たちも困惑してる。

「あいつらは気にすんな。オレの舎弟《しゃてい》として上下関係は叩き込んである」

「は、はぁ……」

ヴォルカヌス様の言葉に、戸惑《とまど》い気味に返事をする。

大宴会場のど真ん中には一卓の大きな座卓が置かれ、ロックグラスにはシェリーが出した丸い氷、その脇に村で作ったウイスキーが置かれている。

座卓に着いているメンバーは、俺とシェリーとシエラ様、ヴォルカヌス様と赤いトカゲ衆の代表らしきゴツゴツのトカゲ男。

俺はウイスキーボトルを掴《つか》み、飲み口をヴォルカヌス様と赤いトカゲ男に差し出す。

「ど、どうぞ」

「おう」

「かたじけない」

ヴォルカヌス様と赤いトカゲ男用のグラスにウイスキーを注《つ》ぎ、続いて俺とシェリーとシエラ様のグラスにも注ぐ。

全員に行き渡ったところで、杯《さかずき》を掲《かか》げた。

「じゃ、乾杯」

ヴォルカヌス様はグラスを合わせず、一気に呷《あお》る。

「っか!!　なかなかウメェじゃねぇか!!　なぁグラッドよ!!」

「へい、オヤジ」

改めて、ヴォルカヌス様を見る。

年齢は四十代ほどだろうか。燃え上がるような赤髪、側頭部には無数に枝分かれした二本の角が生えている。

真っ赤な『キモノ』という伝統衣装に身を包み、腹にはなぜか手拭《てぬぐ》いを巻いていた。

グラッドと呼ばれたもう一人のトカゲ男性は、バルギルドさんやディアムドさんに匹敵《ひってき》する体格だが、決定的に違うのは全身に無数の傷が刻まれていることだ。顔にも傷があり、片目が完全に潰れている。まるで歴戦の戦士のような感じ。

するると、シエラ様が言う。

「ところでヴォルカヌス。ここに来た用件はなにかしら？」

「ああ、ちと頼みてぇことがあるんだよ。そこのアシュトによ」

「え」

指名されたのはまさかの俺だった。

ヴォルカヌス様はグラスを置き、ウイスキーのボトルを掴んでそのまま飲み干して一息。

「ちと風呂入ってくるから、こいつらを頼むわ」

「……は？」

「お、お風呂？」

シェリーが思わずといった風に聞き返すと、ヴォルカヌス様は頷いた。

「おう。最近身体が痒《かゆ》くてなぁ……数万年ぶりにひとつ風呂《ぷろ》浴びたくてよ。それで、オレが風呂に入ってる間、こいつらをオメーに預ける」

「……か、構いません、けど」

「そうか!!　じゃあ頼むわ」

わけわからん。風呂ってなんだよ？

その時、シエラ様がクスクス笑いだした。

「もしかして、地中に潜《もぐ》るのかしら？」

「それ以外、オレを満足させる風呂なんざねぇよ!!　ま、二千年くらいで戻るから、あとは頼んだぜ」

「…………はい？」

に、にせんねん？

ちょっと待て、どこに行くつもりだ？　地中？

シェリーを見ると、首を捻っていた。まあそりゃそうか。

事情を知ってそうなシエラ様を見たら、笑顔で説明してくれる。

「あのねアシュトくん。この世界の地面の下をず～～～っと掘り進めていくと、す～～～っごくドロドロした炎の水が流れているの。ヴォルカヌスはそこをお風呂代わりにしてるのよ」

「へ、へぇ～……」

「ま、そういうこった。なんならムルシエラゴ、オメーも来るか？」

「イ・ヤ♪」

「カッカッカ!!　オメーじゃ燃え尽きちまうからな!!」

スケールがでかすぎる。

すると、ヴォルカヌス様は立ち上がり、壁に控えてる舎弟たちにいきなり怒鳴《どな》った。

「いいかオメーらぁぁっ!!　今日からオメーらはアシュトの下につけ!!　アシュトの手足となって働けやぁぁっ!!」

「「「「へいっ、オヤジ!!」」」」

「グラッド、あとはオメーに任せる」

「へいオヤジ!!　アシュトの旦那《だんな》に付いていきやす!!」

「おう。じゃあオレはひとっ風呂浴びてくらぁ」

ヴォルカヌス様がそう言った瞬間、今まで微動だにしなかったトカゲ亜人たちが左右縦一列に並び、中腰になって両手を膝《ひざ》に載せて顔を伏せた。

「じゃあなアシュト。二千年後に来るからよ」

「あ、は、はい」

そう言って、ヴォルカヌス様はトカゲ亜人の作った道を通って去っていった。

まるで炎の嵐。そんなことを思いながら、俺はヴォルカヌス様の背中を見送った。

◇◇◇◇◇

蜥蜴族《リザード》。

亜人の一種でトカゲのような風貌《ふうぼう》であり、強靭《きょうじん》な腕力と脚力を持つ。体色は緑か茶色で、個体によって色が異なる。

個体はオスとメスに分かれ、交尾によりメスは卵を地中に産む。

リザード族は寒さに弱く、冬になると暖かい場所に移動するか、移動が困難な場合は冬眠することもある。

ちなみに、オーベルシュタインの冬は三年に一度。俺はまだ冬を経験していない。

以上がオーベルシュタインに存在するリザード族の特徴だ。

ただ、今回俺の村に来た人々はリザード族とは少し違う。『緑龍の知識書《ムルシエラゴ・グリモワール》』には、こう書いてあった。

炎蜥蜴族《サラマンダー》。

神話七龍にして、この世界に『熱』をもたらした偉大なる『焱龍ヴォルカヌス』の加護を受けた希少種族。

最大の特徴は、その真紅《しんく》の鱗と、トカゲから進化した龍を思わせる顔を持つこと。

寒さを克服し、自らの体温を上昇させて炎を吐くことも可能。

戦闘力もリザード族を上回り、亜人の中でもトップクラスの強さを持つ。

また、彼らは上下関係に重きを置いている。

彼らの理論によると、この村でいうなら、新参者である彼らの立場は一番下。ハイピクシーたちよりも下である。

新しく村に来たサラマンダー族は総勢七十人。

オスが四十人、メスが三十人と、村にいる種族の中では最大の数だ。

渡りに船とはこのことだろうか。サラマンダー族にはエルダードワーフの補助を任せた。これにより、銀猫族は力仕事から外れ、村の施設や家事などの仕事を専門とするように。

サラマンダー族とエルダードワーフの相性はとてもよかった。

ある日、図書館建設中の光景。

「おう、そっちを支えてろ!!」

「へい、親方!!」

「おーいこっちも手ぇ貸せや!!」

「ウッス!!」

「おい新入り、森まで資材確保に行くぞ!!」

「へい!!」

と、サラマンダー族の威勢がいいので、ドワーフたちがのびのびと指示を出している。

銀猫族は若い女性だったから、どうしても遠慮があったようだ。しかも、先ほど述べた通りサラマンダー族は上下関係に厳しいため、エルダードワーフたちに逆らうこともない。

エルダードワーフたちは、いい部下ができたことを喜び、仕事終わりにエールをご馳走《ちそう》したり、それぞれの家に招いて宴会をしたりしてる。

これにより、村の建築仕事は大いに捗《はかど》った。

顔は怖いけど、サラマンダー族っていい人ばかりだ。

ただし、ちょっと困ったこともある。

「アシュトの叔父貴《オジキ》、お疲れ様です!!」

「お疲れ様です、叔父貴《オジキ》!!」

「ど、どうも」

サラマンダー族、俺のことを『叔父貴《オジキ》』と呼んで全力で挨拶してくる。

なんでも、ヴォルカヌス様が認めた兄弟分だから、らしいけど……いちいち足を止めてお辞儀《じぎ》しなくていいのに。しかも、中腰になって両手を膝に置くスタイル。

ちなみに、サラマンダー族の各種族への呼び方はこんな感じ。

銀猫・魔犬族の少女たちは『お嬢』、ドワーフたちは『親方』、ハイエルフたちは『姉御《あねご》』、子供たちとハイピクシーたちは『さん』付け、バルギルドさんとディアムドさんのことは『兄貴』と呼んでいる。シェリーとミュディは『姐《あね》さん』だし……よくわからん。

まぁ、みんないい人だし問題はない。

サラマンダー族のリーダー・グラッドさんは、バルギルドさんとディアムドさんに気に入られ、晩酌をともにするようになっていた。ガチムチ三人が集まって酒を飲む姿はちょっと怖いな。

こうして、サラマンダー族は村に馴染んでいった。

第四章　ドクダミーの湯

サラマンダー族が加わった数日後、俺は温室へやってきた。

ハイエルフの里から大量にもらった希少薬草は『研究用温室』に植え、『薬品用温室』には普通の治療用薬草を植えてある。

なお、温室はギーグベッグさんが毎回大量の希少薬草をくれるおかげで、規模を広げなくちゃいけなくなった。

管理に関しては、マンドレイクとアルラウネに世話を手伝ってもらってる。

さすが薬草というべきか、あの二人は教えなくてもそれぞれの薬草に合った方法で手入れをしてくれる。ハイエルフの里へでかけた時も、自主的に世話をしてくれてたみたいだしな。

さて、研究用温室でハイエルフの希少薬草を調べていたら、面白そうなのを見つけた。

「なになに、『ドクダミー』の葉っぱを乾燥させて風呂に入れると、美肌やリラックス効果、疲労回復の作用が得られる……」

『緑龍の知識書《ムルシエラゴ・グリモワール》』にはそう書かれている。

希少薬草の効能まで記載されているのはありがたい。というかこの本が万能すぎる。

ハイエルフから薬草の説明書をもらってはいるのだが、薬草を見ながら『緑龍の知識書《ムルシエラゴ・グリモワール》』を開くと、図とともにわかりやすい説明が表示されるので正直必要ない。しかも説明書に載ってない効能や使い方まで書いてあるし。

そして、その中にいくつか浴場で使えそうな薬草があった。

その一つが、この『ドクダミー』の葉っぱである。

葉は薄い緑で、白い花を咲かせている。

「えーと、葉っぱを乾燥させて風呂に入れるのか」

とりあえず、村長湯で実験するか。

まず、大きな麻袋《あさぶくろ》いっぱいにドクダミーを摘《つ》んで、日当たりのいい場所にシートを敷き、ドクダミーを広げる。

あとは、カラッカラになるまで乾かせば完成だ。

実験が成功したら、みんなにも使ってもらおう。


夕方、ドクダミーの葉が乾いたので、フロズキーさんに許可をもらい、村長湯に持っていって投入した。網目の細かい袋に入れているので葉が散らばることはない。

すると……

「む……なんか、独特の匂いだな」

透明だった湯の色が、紅茶よりも濃い茶色に変化した。しかも匂いがけっこう独特。臭《くさ》くはないけど人によっては嫌がりそうというか……俺は嫌いじゃないけどね。

「ではでは、入浴しまーす」

服を脱いで身体を洗い、湯船へ。

「……………う～ん、なんかヌメっとして……でも悪くないかも」

少しヌメりのある湯。

香りも独特。

だが……気持ちいい。

「ぷふぅ～……」

「はぁ〜……」

俺は、ゆっくり隣を見た。

「……」

「……」

「はぁ〜い♪」

「……シエラ様」

「あら、だいぶ慣れちゃったわねぇ」

裸のシエラ様がいた。

俺はゆっくり目を逸《そ》らし息を吐く。

「ドクダミーの葉ね。『緑龍の知識書《ムルシエラゴ・グリモワール》』を見たなら知ってると思うけど、この葉は美肌とリラックス効果、疲労回復の効能があるのよ。ふふ、女の子はもちろん、男性も大喜びね♪」

「そ、そうですね……」

「そ・れ・に……身体中、ポカポカするのよ？　……ふぅっ」

「うひぁっ!?」

耳に吐息《といき》を吹きかけられた！

湯船に潜《もぐ》って距離を取り、再浮上する。

「もうシエラ様っ!!　……やっぱいねぇしっ!!」

シエラ様に勝てる日は永遠に来なそうだ。

第五章　リュドガの休日

ビッグバロッグ王国。

大陸で一、二を争う大国であり、強大な兵力を持つ軍事国家。

その国で最も有力な貴族であるエストレイヤ家。現当主アイゼンは『紅蓮《ぐれん》将軍』と呼ばれる王国最強の炎の使い手であり、齢《よわい》五十を超えた今でも現役の将軍だった。

だが最近……アイゼンはめっきり老《ふ》け込んだ。

その原因は、愛娘《まなむすめ》シェリーが家を出てしまったこと。

表向きには、大病を患《わずら》い退役《たいえき》。治療のために辺境で静養中ということになっている。密かに根回しをしたシェリーにも驚いたが、その裏で兄のリュドガも協力していたことは想像すらしていなかった。

当然、そのことを知ったアイゼンはリュドガに詰め寄った。

「リュドガァァァァッ!!　シェリーの件で話が」

「父上。その話をするのでしたら、まずは弟のアシュトを除籍した件でお話が」

「…………」

アイゼンの完敗である。

息子と娘は、とっても強くなっていた。

シェリーが家を出てからというもの、リュドガはシェリーの穴を埋《う》めるかのように働いた。

凶悪な魔獣の討伐、大盗賊団の壊滅などの武力方面ではもちろん、アイゼンが与えた領地の統治でも手腕を発揮した。

おかげで、シェリーがいなくなってもエストレイヤ家の名声は上がり続け、将軍リュドガの名もビッグバロッグ王国だけでなく、周辺の国々にまで轟《とどろ》くほどになっている。

「引退して、果樹園でもやろうかなぁ……」

なんというか……アイゼンはいろいろと疲れていた。

◇◇◇◇◇

ビッグバロッグ王国・兵士大食堂。

ビッグバロッグ王城で最も大きな食堂であり、席の数は三百を超える。訓練を終えた兵士が酒を飲み、腹を満たすための、なくてはならない場所である。

その大きさゆえに中が混み合うことなど滅多にないのだが、現在は満席。

理由は、将軍リュドガが兵士を集めたからだ。

「諸君‼　大型魔獣の討伐、ご苦労だった‼」

大食堂に集まった兵士は、ビッグバロッグ王国郊外に現れた大型魔獣の討伐団の面々である。

討伐を無事に終え、リュドガの発案で慰労会《いろうかい》を行っていたのだった。

「死者、怪我人はゼロ。近隣の町に被害も出さずに討伐できたのは、ここにいるみんなのおかげだ。オレは将軍として、これほど嬉しいことはない」

将軍らしくない口調だが、それがリュドガという男だった。

温かく、優しく、いつでも隣にいるような、そんな親しみやすい将軍。

「と、堅苦しい話はここで終わり。みんな、今日はオレの奢《おご》りだ‼　好きなだけ飲んで歌って騒いでくれ‼　乾杯っ‼」

リュドガがグラスを掲げると同時に、大食堂内は爆発するような歓声に包まれた。

大宴会が始まった途端、リュドガは、殺到《さっとう》する部下からエール瓶を突き付けられる。

「将軍、まずは一杯‼」

「バカ、オレが先だ‼」

「おいどけよ‼」

「お、落ち着け落ち着け。ちゃんともらうからさ」

エールを飲んでは注がれ、飲んでは注がれ……宴会開始三分でリュドガの腹はガポガポになる。

これも、慰労会を開くと必ず見ることになる光景だった。

酒をもらいながら、リュドガは部下と話をすることも忘れない。

騒ぎが一段落すると、リュドガは大食堂の隅でちびちびと飲んでいる新兵たちの席に向かい、エール瓶を差し出した。

「お疲れ、マーカス、ロッド、ユアン」

「え……リュ、リュドガ将軍？」

「お、オレたちの名前……」

「な、なんで……」

まだ十代の新兵は、心底驚いていた。

ビッグバロッグ王国の英雄とも呼べる将軍が、入隊して一年にも満たない自分たちの名前を呼んだからだ。

リュドガは、新兵三人のグラスにエールを注ぎながら言う。

「おいおい、仲間の顔と名前を把握してるのは当然だろう。マーカス、今回は後衛部隊での待機要員だったが、次は前線で活躍してもらう。ロッド、お前は足が速い。お前がよければ伝令兵に推薦したいがどうだろうか。ユアンは視力がいいな。剣もいいが弓を使ってみるのはどうだ？」

新兵三人は、感動で声が出なかった。

直属の先輩兵士ですら自分たちの名前を忘れることがあるのに、リュドガは名を呼ぶだけでなく、一人ひとりの特徴を理解し、アドバイスまでしてくれる。

「と……今日は無礼講だ。オレの奢りだから遠慮するなよ？　お前たちはこの国の未来を担《にな》う兵士なんだ。いっぱい食べてまた頑張ろうな!!」

「「「は……はいぃぃっ!!」」」

三人は、泣きながらステーキを注文、鼻水を垂《た》らしつつガツガツ食べる。

一生リュドガに付いていこう、と彼らは胸に誓った。

◇◇◇◇◇◇

「ったく、あのバカは相変わらずだなぁ……」

「そこがリュドガのいいところだろう。あれほどの男、そうはいない」

食堂の隅にある三人掛けの円卓に、二人の男女が座っていた。

一人は、長髪を後頭部で縛《しば》った線の細い優男《やさおとこ》。一見、おちゃらけた雰囲気で軽薄そうである。

もう一人は、ストレートの金髪を優雅《ゆうが》に流した女性。キリッとした佇《たたず》まいで目つきは鋭い。美しさもあり高貴さもある。だが、それ以上に高潔さが感じられた。

男は『烈風《れっぷう》ヒュンケル』、女は『水乱《すいらん》ルナマリア』。

ともに『雷帝《らいてい》リュドガ』の副官であり、彼の幼馴染みである。

「確かに、あれほどの奴はいねぇなぁ……なぁルナマリア」

「な、なんだ……何が言いたい、ヒュンケル」

「いんやぁ？　あれほどの男だ。今頃エストレイヤ家には、大量の見合い申し込みが来てるんだろうなぁ～って思ってさ」

「ぶーっ⁉　けけけ、けっこん⁉　りゅりゅりゅ、リュドガが結婚⁉」

「そりゃそうだろ。ミュディとの婚約がお流れになっちまって、今のリュドガはフリーなんだ。エストレイヤ家との繋がりが欲しい貴族はいくらでもいるだろうよ」

「ぐぅぅぅっ!!　くくぅ……」

うめき声を上げるルナマリアを見て、ヒュンケルはため息を吐く。

「やーれやれ。ミュディとの婚約が流れて小躍《こおど》りしたのも束《つか》の間だなぁ」

「だ、だれが小躍りしたんだっ!!　わ、私は別に……」

「別にお前なんて言ってねーし」

「こ、こんの軽薄貴族……っ!!」

ミュディの姉ルナマリアは、リュドガに好意を持っていた。

本人は必死に誤魔化《ごまか》しているが周囲にはバレバレであり、気付いていないのはリュドガくらいのものだった。

ヒュンケルは、よく周囲から二人をくっつけるよう言われているが……リュドガは色恋にまるで興味なし、ルナマリアはいい年して恥ずかしがりと、どうも結ばれる縁がない気がしてならない。

「でも、リュドガの女っ気のなさも異常だよなぁ。仕事仕事でまるで休んでねぇし、こりゃ無理やりにでも娼館《しょうかん》に連れていくべきか……」

「だ、だめだダメだ!!　そんなのダメだ!!　リュドガをそんな破廉恥《はれんち》な場所に連れていくなど反対だ!!」

「じゃあおめーが相手してやれよ。きっと喜ぶぞ?」

「ふぇぇぇっ!?」

少女のような声を上げるルナマリア。

「わ、私がリュドガに……はぅぅ」

顔を真っ赤にしてエールを一気に呷る。そして――

「オレがどうしたって？」

「ぶっふぅぅぅぅーーーーーっ!?　りゅりゅリュドガぁぁあっ!?」

「うぉおっ!!　き、きたねぇぞルナマリアっ!!」

リュドガの登場に、口に含んだエールをヒュンケルにぶっかけた。

高貴さや高潔さがまるで感じられない振る舞いだ。

「だ、大丈夫かルナマリア？　疲れてるなら部屋に……」

「だだ、大丈夫だ。なぁヒュンケル」

「……ああ、むしろオレがやばいわ」

エールまみれのヒュンケルは手拭いで顔を拭《ふ》き、リュドガは席に座った。

追加でエールを注文し、リュドガたちは改めて乾杯をする。その頃にはルナマリアも落ち着きを取り戻していた。

ヒュンケルはエールを一口飲み、リュドガに話しかける。

「そーいえばリュドガ、明日から休暇なんだって？」

「ああ。本当は残務処理をしたいんだが、国王命令でね……ここ数年休みを取っていないから、しばらく休めと言われたんだ」

「はっはは、そういえばおめー、最後に休んだの十年くれー前だよな」

「そう、だったっけ？　……まぁいい。国王命令だし、休むことにするよ」

その言葉を聞き、ヒュンケルはニヤッと笑った。

「なぁリュドガ、休日の予定は？」

「ああ。最近忙しくて勉強不足だったからね。基礎訓練をみっちり行おうと思ってる」

「真面目かこのバカ‼　そりゃ休みじゃねーだろ‼」

「えぇ？　……じゃあどうすれば」

困ったような表情を浮かべるリュドガ。ヒュンケルはやれやれと思いつつ言葉を続ける。

「あのな……いいか、休日ってのは休む日のことだ。お前は『雷帝リュドガ』でもエストレイヤ家のリュドガでもなく、ただのリュドガだ。お前のやりたいことを好きにやればいいんだよ」

「やりたいこと……」

「ああ。そうだな……お前、町に出たことはあるよな？」

「バカにするな。それくらいある」

「ふーん……じゃあ、今話題のカフェや流行の食べ物とかわかるか？」

「……」

「ほーれみろ。いいか、オレら兵士が守るのは国民だ。彼らの暮らしを知ることも大事だろうが」

「う……」

リュドガは、言葉に詰まった。

確かに、城下町を歩くことはほとんどない。馬に乗って通過するだけだ。

「リュドガ、おめーの剣は国家鍛冶師のやつだよな？」

「藪《やぶ》から棒だな。というかお前のもだろう」

「ああ。せっかくだし、町の武具屋でも覗《のぞ》いてこいよ。それに、町の店でうまいもんでも食って、国民の生活を体験してこい。それが休暇でもあり、おめーのリフレッシュにもなるだろうさ。なぁルナマリア」

「ブッ⁉　い、いきなりなんだ？」

むせるルナマリアに対し、ヒュンケルは何食わぬ顔で話す。

「いや？　おめーもその日は休暇だろ？　リュドガ一人じゃ心配だし、一緒に付いていってやれよ」

「んなぁぁぁぁっ⁉」

「なぁリュドガ、それでどうだ？」

「……確かに、ヒュンケルの言う通りかもな。ルナマリアさえよければ、付き合ってくれないか？」

「ふぇぇぇぇっ⁉　もももも、もちろん、ももちろんだ‼」

「ああ、ありがとう」

「……やーれやれ」

ヒュンケルが小声で呟くと、ルナマリアは何かに気付いた風に首を傾げる。

「……あれ？　というかヒュンケル、どうして私の休暇を知ってるんだ？」

「さーな」

こうして、リュドガとルナマリアは、町でデートすることになった。

◇◇◇◇◇◇

宴会が終わり、ヒュンケルは執務室に入った。

「さーて、残務処理、残務処理……裏方はつらいねぇ」

ルナマリアは知らなかった。

彼女の休暇は、ヒュンケルによって仕組まれていたことを。

誰よりも二人の仲を応援しているのは、小さい頃から一緒にいるヒュンケルだということを。

「ばっちり決めろよ、ルナマリア」

誰もいない執務室で、ヒュンケルはニヤリと笑った。

◇◇◇◇◇◇

翌朝、エストレイヤ家・リュドガの私室。リュドガはそこで町に行く支度を整えていた。

飾り気のない、ベッドとクローゼットだけの部屋。忙しいリュドガには趣味というものがない。

この部屋は寝るために使われるのみである。

クローゼットの中も、部屋着と予備の軍服しかない。

「今日は非番だが……まぁ軍服でいいか」

そう言って、軍服に手を伸ばした瞬間だった。

「失礼しますリュドガぼっちゃん!!　こちら、ヒュンケル様からの贈り物です!!」

「うわあっ!?」

突然ドアを開け放って声をかけてきたのは、エストレイヤ家メイド長、ミルコだった。

ミルコは、キャスター付きのハンガーラックをガラガラと引きながらリュドガの部屋へ。

そこには、色とりどり、町で流行しているデザインのメンズ服がズラリと並んでいた。

「リュドガぼっちゃん。コーディネートはこのミルコにお任せください。町を歩けば誰もが振り向くような素敵な格好に仕上げて見せます!!」

「み、ミルコさん……ぼっちゃんはやめてくれよ。というか、ヒュンケルからって？」

「ええ。ヒュンケル様から言伝《ことづて》を預かっています。『おめーは部屋着と軍服くらいしか持ってねぇだろうし、ルナマリアと出かける時もどうせ、軍服でいいや、とか言いそうだ。適当に見繕《みつくろ》ったから、ミルコさんにコーディネートしてもらえ』……だそうです」

「……ヒュンケルのやつ」

行動を完全に読まれていたことにちょっとイラつくリュドガ。

ハンガーラックには二十着を超える服がある。

「ではリュドガぼっちゃん。さっそく合わせましょうか!!」

「……はーい」

どうやら、逃げられそうになかった。

ミルコは、メイド長でありながら産婆《さんば》でもあり、生まれたリュドガを取り上げた本人。リュドガにとってはもう一人の母親みたいな存在だった。もちろん、それはアシュトにもシェリーにも当てはまることだが。

散々試着させたあと、ミルコは結局、無地のシャツとジャケットとズボンをリュドガに着せた。細身で引き締まったスタイルのリュドガは、下手に着飾るよりシンプルなデザインが似合う。それに、顔立ちも若い頃のアイゼンそっくりのイケメンだ。多少地味でもその輝《かがや》きが崩れることはない。

「よくお似合いですよ、リュドガぼっちゃん……」

「そ、そうかな？　ありがとうミルコさん」

「ええ、これならルナマリア様も……」

「え？　ルナマリア？」

「……では、いってらっしゃいませ。なるべく急いでくださいね」

「え、あ、うん？」

ミルコに見送られ、リュドガはルナマリアとの待ち合わせ場所に向かった。

ハンガーラックを片付けながら、ミルコは独り言を呟く。

「ルナマリア様、頑張ってくださいませ。敵はとても手強《てごわ》いですわ」

◇◇◇◇◇◇

待ち合わせ場所は、町の中央広場にある噴水《ふんすい》。

時間に余裕はあったが、リュドガは急いで向かった。

『いいか、絶対にルナマリアより先に行け。女を待たせる男は最低だぞ』

『そうなのか？　でもルナマリアなら許してくれるぞ？』

『そういう問題じゃねぇんだよこのバカ!!』

というヒュンケルとのやり取りがあったのは昨日の話。

ミルコにも急《せ》かされたので、リュドガは駆け足で噴水へ。

……だが、到着したらすでにルナマリアが待っていた。

「あ、ルナマリア!!　遅れてゴメン……」

「き、気にするな。わ、私も今来たところだ」

「そう？　……ほぉ」

「な、なんだ？」

謝罪もそこそこに、リュドガはルナマリアをジッと見る。

フリルの付いた白いシャツに青いロングスカート。つばの広い白い帽子を被り、手にはオシャレなハンドバッグを持っている。

リュドガは、素直な感想を述べた。

「いつも鎧姿《よろいすがた》だったから、こういう格好のルナマリアを見るのは新鮮だな。うん、似合ってるよ」

「ふぁっ⁉」

一瞬で頭の中が沸騰《ふっとう》するルナマリア。

恋愛に無頓着《むとんちゃく》なリュドガは、照れもなくこういうことが言える。それが彼のすごいところであり、同時に残念なところでもある。良くも悪くも、普通はサラッとそんなことは言えない。

ルナマリアは屋敷のメイド十人と悩んで決めたこの服装に不安はあったが、リュドガが褒《ほ》めてくれたことで安心し、同時に改めて心ときめかせた。

「じゃ、行こうか。まずは朝食だね」

「あ、ああ。そうだな」

こうして、二人のデートは始まった。

◇◇◇◇◇

ヒュンケルおすすめのカフェで朝食を食べる。

リュドガは日替わりパスタ、ルナマリアはサンドイッチを注文。食後には、近郊の村で収穫された茶葉で淹《い》れられた紅茶を飲む。

「いやぁ、こういうオシャレな場所で食事なんて、何年ぶりだろう」

爽《さわ》やかな笑みを浮かべて言うリュドガ。

「そうだな。私も同じ気持ちだ。こんな格好だって数年ぶりだ……」

「あはは、似合ってるからいいじゃないか。オレなんて服に着られてるって感じなのに」

「……そ、そんなことない。その……リュドガも、似合ってる」

「そう？　ありがとうルナマリア」

リュドガの笑顔が、ルナマリアにはとても眩《まぶ》しかった。緊張し、顔をよく見られない。

「……」

ルナマリアは、無言で紅茶を啜《すす》る。

昔から、リュドガは頑張り屋だった。

名門エストレイヤ家の長男に相応《ふさわ》しくあろうと、剣術や魔法、政治や統治について勉強に勉強を重ねていた。弟や妹が生まれた時、リュドガは本当に喜んでいた。

仕事に追われ、可愛い弟や妹にかまう時間がないと嘆くこともあった。

ルナマリアもリュドガの副官として働きづめだったため、なかなか妹のミュディにかまえなかった。なので、その気持ちはよくわかる。

弟のアシュトが除籍され、妹のシェリーは除隊。リュドガは、今まで以上に仕事に打ち込んだ。

そして今日、ようやく休暇を取ってルナマリアとこうしてお茶を飲んでいる。

「さて、そろそろ行こうか」

「ああ。そうだな」

ルナマリアは決意する。

今日は、自分がリュドガを楽しませるんだ、と。

食事を終えたリュドガとルナマリアは、町を散策した。

ルナマリアもようやく肩の力が抜けてきて、リュドガとのおしゃべりを楽しむ。

町を歩きながら、数軒の武器屋を覗いた。

「見ろよルナマリア、この剣……」

「ほぉ、この黒剣、ダマスカス鋼《こう》で打った剣だな」

「ああ。ダマスカス鉱石《こうせき》は魔力を弾《はじ》く特性があるし、硬度もピカイチだ。一般兵に持たせるにはちょっと高いかもしれないけど、部隊長クラスに支給するのはいいかもしれない」

「なるほど……検討してみるか。次の予算議会で議題に挙げておく」

「頼むよ」

この光景を見ていた武器屋の店主は……

「……まさか、リュドガ将軍⁉」

「あ、バレたか。あはは、今日は休暇なんだ、いろいろ見せてもらうよ」

「どど、どうぞどうぞ‼　あの、サインをお願いしたいんですけど……」

「ああ、俺のでよければ」

のちに、この武器屋は『リュドガ将軍来店‼』という看板と、高級な額縁に飾られたリュドガのサイン効果により、大繁盛《だいはんじょう》することになる。

さて、リュドガとルナマリアは、次の店へ。

訪れたのは防具屋。普段は王国お抱えの鍛冶師が製作した防具を装備している二人は、一般的な防具屋でどんな物を売っているのか知識がなかった。やはり貴族であり、城下の常識に疎《うと》い。

その店で二人は、奇抜《きばつ》な防具を見て驚いた。

「な、なぁルナマリア……この防具」

「あ、ああ……私にも信じられん」

陳列《ちんれつ》台に飾ってあったのは、かなりの軽装だった。

上半身は女性の胸にフィットするような胸当てのみ、兜《かぶと》は一般的な作りだが、腹部を守る鎧はない。腰当ては太ももギリギリの際《きわ》どいラインで、下手に動くだけでいろいろと見えてしまいそうだ。

商品名は『女性用軽鎧《ビキニアーマー》』と書かれていた。

「これ、胸はともかく腹部はがら空きだな……」

「軽装が売りだとしても、さすがにこれは……」

少なくとも、ルナマリアにコレを装備する勇気はない。

すると、なぜかニヤニヤした店主が二人の間に割って入ってきた。

「おうおうお二人ともお目が高い!!　こいつに興味津々《しんしん》とは……こちらのお嬢さん、兄さんのコレかい?」

店主は小指を立てる。

リュドガもルナマリアもそのジェスチャーの意味がわからず首を捻り、とりあえず頷いた。

もしヒュンケルがこの場にいたら、頭を抱えることであろう。

店主はニチャァ〜〜〜っとした笑みを浮かべ、リュドガに大きめの声で耳打ちする。

「じゃあコレ、彼女さんにプレゼントしちゃいなよ。こいつを着せて『夜の戦場』に立たせてごらん？　……その日のお嬢さんの働きぶりは、きっと勲章《くんしょう》ものだぜ？」

「夜の戦場？　……ふむ」

この場にヒュンケルがいたら、店主を殴《なぐ》って止めたであろう。

だが、クソ真面目なリュドガたちは、店主の言葉の意味をさっぱり理解していなかった。

ルナマリアは、しげしげと鎧を見つめて口を開く。

「たしかに、これほど防護面が少ないと、金属の擦《す》れによる音はかなり抑えられる……敵に気付かれる可能性も低くなるというわけか。夜の戦場とは言ったモノだな」

「へ？　あ、ああうん。で、買うかい？」

店主が聞くと、リュドガは頷く。

「よし、買った」

戸惑いつつも、店主はビキニアーマーを陳列台から下ろす。

まさかこんな真面目そうな青年が、とある没落《ぼつらく》貴族が趣味で作らせた変態装備を買うとは……

鎧は箱に詰めて、王城のリュドガの執務室宛てで届けてもらう。リュドガの執務室は副官であるヒュンケルとルナマリアも使うので、そこでヒュンケルにも意見を聞こうとリュドガは思った。

「ルナマリア、いい買い物をしたよ」

「そうだな。ところでリュドガ、あの鎧は……」

「もちろん、キミに着てもらう。ヒュンケルが賛成してくれたらだけどね。今日付き合ってくれたお礼だよ」

「お、お礼って……ふふ、ありがとう」

嬉しそうな笑みを浮かべるルナマリア。

この光景をヒュンケルが見ていたら、血を吐いていたかもしれない。

◇◇◇◇◇

その後も町をのんびり散策し、ヒュンケルおすすめの高級レストランで昼食。午後は下町劇場で芝居《しばい》を見て、あっという間に夕方になった。

現在は待ち合わせ場所の噴水で休憩中。そろそろ、帰る時間である。

「日が暮れてきたな。ルナマリア、家まで送るよ」

「あ、ああ……その、リュドガ」

「ん？」

リュドガは、スッキリした顔をしていた。

長い付き合いだからわかる。この一日で、だいぶリフレッシュできたのだろう。

それでも、ルナマリアは聞いておかずにはいられなかった。

「今日は、その……楽しかったか？」

「もちろんだ。国民の暮らしや流行の店を知ることができたし、なにより、ルナマリアがいてくれたから、すごく楽しかったよ。本当にありがとう」

「うっぐ……そ、それは反則だぞ、リュドガ」

「え？　ははは、帰ろうか」

「……ああ」

この天然ジゴロは、昔からこんな感じだ。

周囲の女性を虜《とりこ》にする才能が凄《すさ》まじい。ルックスはもちろん、性格や態度で非常にモテるのだ。記憶力もずば抜けている。一度顔を見て名前を聞けば、その人のことは絶対に忘れない。エストレイヤ家の使用人はもちろん、王城に勤めている二十人以上のメイドを全て把握しているのだ。早朝、いきなり爽やかな笑顔とともに『おはよう、（名前）』なんて言われたら、どんな女性もイチコロだろう。タチの悪いことにこの男、無自覚でそれをやる。

「……」

「ルナマリア？」

「はぁ……」

たぶん今日のデートも、リュドガにとっては『自分の副官と城下町で遊んだ』程度の感覚だろう。

なんとなくだが、この関係はこの先十年経っても変わらない気がした。

だから、ほんの少しだけ勇気を出そう。

「リュドガ、私からも礼がしたい」

「え、お礼って……はは、付き合ってもらったのはオレだよ、そんなの気にしな――」

リュドガの頬に、ルナマリアの唇《くちびる》が触《ふ》れた。

数秒後、ルナマリアはリュドガからゆっくり顔を離す。

「ふふ、今日は楽しいデートだった……また、誘ってほしい」

「……えう」

「じゃあまた。休暇はまだある、ゆっくり休んでくれ」

「……ふぁ」

夕日を浴び、ルナマリアは去っていった。

彼女の顔が赤いのは夕日に彩《いろど》られたのか、それとも別の理由か。

リュドガは、しばらくその場から動けなかった。

◇◇◇◇◇◇

ビッグバロッグ王城・リュドガの執務室。

休暇返上で残務処理をしていたヒュンケルのもとに、荷物が届いた。

大きな木箱で、なぜかリボン付きでラッピングされている。

とりあえず、運んできた兵士に聞いた。

「なんだ、これ？」

「はい。町の防具屋からです。購入者はリュドガ将軍で、ここに届けるようにと」

「ふーん。防具屋ねぇ……ルナマリアとデート中に何を買ってんだか」

兵士が退室し、一人残されるヒュンケル。

「ま、ここに届けるってことは開けてもいいだろ。ルナマリアもいたらしいし」

ヒュンケルは、木箱を開けた。

「…………………………あ？」

中身は、ビキニアーマーだった。

それも、かなり際どいライン。

「…………………………」

木箱には、サービス品と見られる小瓶が同梱されていた。

赤い液体が入っている…………精力剤だ。

瓶には、こう書かれていた。

『これを飲んで元気ビンビン!!　さぁ、夜の野獣となって女騎士を押し倒せ!!』

「…………」

ヒュンケルは静かに微笑み、窓を開けて身を乗り出す。

「なにやっとんじゃアイツらわぁぁぁぁぁぁぁぁーーーーーっ!!」

その叫びは、ビッグバロッグ王国中に届いた……かもしれない。

第六章　子供たちと遊ぼう

「ご主人さまー、あそんでよー」

「おにーちゃーん、あそんでー」

「おぉ～、よしよし」

ある日の夕食後。ソファでくつろぐ俺に、ミュアちゃんとライラちゃんがじゃれついてきた。

二人ともネコ耳とイヌ耳をピコピコ動かし、尻尾を左右にフリフリしてる。なんともまぁ可愛らしい。

すると、対抗心でも湧いたのか、薬草幼女たちもやってきた。

「まんどれーいく」

「あるらうねー」

「っと、お前たちもか？　……また今度じゃダメ？」

二人の薬草幼女は俺の太ももに乗っかる。これでソファから動けなくなってしまった。

「うにゃあ～ん。ご主人さま、最近ぜんぜん遊んでくれないー」

「わぅ～ん……」

「ありゃりゃ」

ネコ耳とイヌ耳が萎《しお》れてしまった。

……確かに最近、子供たちと遊んでいない。

そう思っていたら、向かい側のソファにミュディが座って話しかけてきた。ちなみにシェリーは浴場へ行ってるのでこの場にはいない。

「じゃあ、明日はみんなでピクニックにでも行こうか？　もちろんアシュトも一緒に」

「にゃうっ⁉」

「わふぅっ⁉」

その言葉に、ネコ耳とイヌ耳がピーンと立った。

薬草幼女たちもキラキラした目でミュディを見つめてる。

「お、おいミュディ？」

勝手に決めちゃっていいのか、と言おうとしたら、洗い物を終えたシルメリアさんも来た。

「ご主人様。明日、ミュアとライラは休みにします。よろしければこの子たちにお付き合いください」

「し、シルメリアさん。いいんですか？」

「ええ。サラマンダー族のおかげで、仕事にも余裕が出てきましたし」

「にゃう、ありがとうシルメリア‼」

「わぅん、シルメリアだいすき‼」

「ふふっ」

ミュアちゃんとライラちゃんがシルメリアさんにじゃれつく。シルメリアさんは優しく微笑んでいた。

薬草少女たちは、確認するように俺に抱きつく。

「まんどれーいく」

「あるらうねー」

「はは、わかったわかった。じゃあ今日は早めに寝よう」

「うにゃーっ!!」

「わぉーんっ!!」

こうして、明日はみんなでピクニックへ。

◇◇◇◇◇◇

翌日。子供たちと一緒に温室の手入れを手早く終わらせ、みんなで森にピクニックへ出かけた。

シェリーも誘ったが、先約があるとのことで断られた。なんでも、ハイエルフたちから弓の使い方を習うそうだ。残念がっていたが、仕方ない。

メンバーは、俺、ミュディ、ミュアちゃん、ライラちゃん、ウッド、マンドレイクとアルラウネ、そして護衛役を兼ねて今朝誘っておいたデーモンオーガのノーマちゃんとエイラちゃんだ。

近場の森といえど、危険な魔獣に遭遇《そうぐう》する可能性はゼロじゃないからな。女の子同士でなおかつ、ピクニックも楽しめる人選だ。エイラちゃんもピクニックに行きたがってたしね。

ミュディは、両手持ちの大きなバスケットを持っていた。中身は言わずもがな、みんなのお弁当だ。早朝から、シルメリアさんと一緒に作っていたっけ。

「ミュディ、荷物は俺が持つよ」

「ん、ありがとうアシュト」

ミュディからバスケットを受け取る。

なにこれ重い……まぁ子供が多いとはいえ、けっこうな人数だしな。

村を出て、森の中を歩く。

目指している場所は、ノーマちゃんオススメの森の広場。狩りの最中に見つけたらしい。

村からも近く、危険も少ないので、遊ぶには持ってこいの場所だ。

「にゃんにゃんにゃんにゃ~んっ♪」

「わんわんわわ~んっ♪」

「まんどれーいくっ♪」

「あるらうねーっ♪」

「らんらんらら~んっ♪」

『ランランララ～ンッ♪』

うーん、子供たちはご機嫌だ。

前を歩くミュアちゃんとライラちゃん、マンドレイクとアルラウネ、そしてエイラちゃんが仲良く歌を口ずさむ。ウッドも歌いながらみんなの周りをぴょんぴょん跳ねていた。

俺とミュディとノーマちゃんは、後ろからその様子を見ていた。

「ふふ、みんな可愛い♪　ねぇアシュト」

「ああ。子供らしくていいや」

「あっはは、先生って子供好きなの？」

ノーマちゃんが笑いながら聞いてきたので、俺は頷いた。ちなみに、ノーマちゃんは俺のことを『先生』と呼ぶ。

「まぁね。ノーマちゃんだって、エイラちゃんを可愛がってるじゃないか」

「うん!!　だって妹ができたみたいで嬉しいんだもん!!」

「妹かぁ。じゃあキリンジくんのことはどう思ってるの？　キリンジくん、シンハくんに稽古付けてるみたいだよ」

「キリンジ？　ああ……まぁ、そこそこ強いかな。あたしのが強いけど」

……あれ？　ちょっと気になった。ノーマちゃん、なんかモジモジしてる。

「ノーマちゃん、キリンジくんのこと呼び捨てにしてるのか？」

「っ⁉　ああ、いやその、あいつがあたしを呼び捨てにするから、つい」

「ふぅん……？」

なんだろう、ノーマちゃんがワタワタしてる。

すると、ミュディがクスリと笑う。

「ほらアシュト、子供たちが先に進みすぎてる、追わないと！」

「お、おう」

よくわからんが、ミュアちゃんたちから離れないようにしなければ。

◇◇◇◇◇

到着したのは、とても綺麗《きれい》な泉のある広場だった。

近くに川も流れているのか、チョロチョロと水音も聞こえる。

ミュディが平らな地面に大きなシートを敷いたので、俺は重かったバスケットをそこに置く。

背後は森、眼前は泉……実にいい景色だった。

「にゃあ、遊ぶーっ‼」

「わぅーんっ‼」

ミュアちゃんとライラちゃんは、泉に駆け寄って水のかけ合いを始めた。

「まんどれーいくっ‼」

「あるらうねーっ‼」

マンドレイクとアルラウネも走りだし、ミュアちゃんたちに負けじと水をかける。

『ミズ、オイシイ‼　ミズ、オイシイ‼』

「あはは、ウッドお水のんでるーっ」

ウッドは両手から根を伸ばし、泉の水をゴクゴク飲んでいる。エイラちゃんはウッドを見てニコニコしていた。

「よーしあたしも行くっ!!」

ノーマちゃんは、ミュアちゃんたちに混ざって、マンドレイクとアルラウネに水をかけ始めた。

俺とミュディは、みんなの様子を見ながらシートに座っていた。

ミュディとの距離は、とても近い。

「……」

「……」

会話はない。でも、とても穏やかな気持ちだ。

「ねぇアシュト」

「ん……?」

「わたしたち、これから長い時間を一緒に過ごすんだよね」

「ああ……シェリーも一緒にな」

「うん……えへへ」

「なんだよ、ミュディ」

「なんか、信じられないな……ついこの間まで、貴族としての暮らしが当たり前だったのに、今はこうして、なんのしがらみもなくアシュトと一緒に綺麗な泉を眺めてる」

「……」

俺も同じ気持ちだ。

これから長い時間、ミュディと一緒に生きていく。

だから、焦《あせ》る必要はない。

「……」

「あ……」

俺は、ミュディの手をそっと握った。

◇◇◇◇◇

お昼の時間。

たっぷり遊んだ子供たちはおなかペコペコ。

全員がシートに座り、泉の水で絞った手拭いで顔と手を拭く。

「さ、お弁当の時間でーす」

ミュディがバスケットの蓋《ふた》を開けると、歓声が上がった。

バスケットの中は、色とりどりのサンドイッチが入っている。また、二重底になっていて、サンドイッチの下にはローストビーフやデザートのセントウパイも入っていた。

子供たちは、目を輝かせる。

「さぁ、いっぱい食べてね」

ミュディの笑顔とともに、お昼ご飯が始まった。

サンドイッチに手を伸ばし、ローストビーフに齧《かじ》り付く。渇《かわ》いたノドを冷えたブドウ水で潤し、いい感じに腹が膨れたらデザートのセントウパイを食べる。

バスケットは、すぐにカラッポになった。

みんなおなかいっぱいになったのか、シートの上に寝転がる。

『アシュト……ボク、ネムイ』

「ああ、じゃあ近くで寝ていいぞ。帰る前に起こしてやるから」

『ワカッタ、ワカッタ』

ウッドはシートから少し離れたところに移動し、足から根を伸ばして地面に沈んでいく。

これがウッドのお昼寝。大地の養分を吸収し、太陽の光で光合成するのだ。

ウッドは地面に埋まると、目をつむって動かなくなった……可愛い。

「ふぅにゃあぁ～……」

「くぁぁ」

「ん、ミュアちゃんとライラちゃんも眠いのかい？」

「ちょっと……にゃあ」

「わうぅ……」

二人は、目を擦《こす》るとそのまま目を閉じた。

けっこう遊んでいたし、少し疲れたようだ。って、マンドレイクとアルラウネはもう寝てる。

エイラちゃんもいつの間にかノーマちゃんの太ももを枕にして眠っちゃってるし、起きてるのは俺とミュディ、ノーマちゃんだけになった。

子供たちを起こさないように、小声で話す。

「みんな遊び疲れて、お昼寝の時間だね」

「ああ。寝かせてやろうか」

「見て見て先生、みんな可愛いよ」

「そうだな……」

子供たちの寝顔は癒《い》やされる。

さて、俺も読書でもするか。大自然に囲まれてする読書もオツなもんだ。

ミュディは、やりかけの編《あ》み物を取り出し、ノーマちゃんはのんびりと泉を見る。

こんな時間も、たまには悪くない。

◇◇◇◇◇◇

今、俺が読んでる本は『緑龍の知識書《ムルシエラゴ・グリモワール》』だ。この本、めくってもめくってもページが終わることはないし、薬草のことを考えれば、俺の知らない薬草の名前や使用用途が図説付きで表示される。

おそらくだが、数万年の寿命を得ても、読み終わることはない気がした。

「うにゃ……」

「ふふ、よしよし」

寝ているミュアちゃんの頭を撫でると、ネコ耳がピコッと動く。

そういえば、ここに連れてきただけで、俺はミュアちゃんたちと遊んでないな。少しくらい一緒に身体を動かすのもいいか。

と、思いながら本のページをめくった。


****

『植物魔法・応用その一』
○森の遊戯場《アスレチック・ガーデン》
森は天然の遊戯場《ゆうぎじょう》!!

この魔法を使えばあら不思議!!　森が高難度の遊び場に!!

大人も子供もみんなで楽しもう!!


****

「……なんだ、この魔法?」

「どうしたの?　アシュト」

「いや、ちょっと気になる魔法が……」

みんなと遊びたいと思ったからこのページが出たのか。

大人も子供もみんなで楽しもう、ね……よし。

「ミュディ、ノーマちゃん、ちょっとごめん」

立ち上がって杖を抜き、本を開いたまま持つ。杖を森に向け、本に書かれている詠唱文を読み上げた。

「森さんこちら手の鳴る方へ。みんな大好き天然の遊戯場。木よ草よ、面白おかしく変わっておくれ。『森の遊戯場《アスレチック・ガーデン》』」

なんだこの詠唱文……そう思った瞬間、とんでもない地震が起きた。

「うおわわわっ⁉」

「きゃぁぁぁっ⁉　あ、アシュト、なにを⁉」

「せ、先生の魔法なのっ⁉」

当然、子供たちも起きる。

「ふにゃぁぁっ⁉」

「わぅぅぅんっ⁉」

「まんどれーいく⁉」

「あるらうねー⁉」

「うきゃぁぁぁっ‼　のーまぁっ‼」

揺れが収まらない。

俺は魔法を中止しようとしたが、杖を向けた先の森がすごい勢いで変化しているのに気が付いた。

まず、樹木が高速で移動していた。

木々は折れ曲がり、枝が伸び、葉っぱが舞い、蔦《つた》が伸びて絡《から》まり……そして、幹に切れ目がいくつも入り、勝手に裂けた。

何かが、形作られている。

そう理解したと同時に揺れがやんだ。

「あー……」

杖を向けた先に、まるで通路のように、丸太が斜めに倒れていた。

俺たちに進めと言ってるみたいに感じる。

まさか、これが……遊戯場、なのか？

丸太を見て、ミュアちゃんが聞いてくる。

「ご主人さま、あれなーに？」

「……たぶん、遊び場、かな？」

「にゃ？　遊び場なの？」

「……うん。よし、俺が調べてくる。みんなはここで待ってて。ノーマちゃん、みんなを頼むよ」

「わ、わかったよ」

俺は杖を持ったまま、傾斜になっている丸太を登り、先へ進む。

「ったく、こんなことなら使うんじゃ……え」

傾斜を進むと、丸太の先端に到着した。

だが、道はある……真上に。

蔦が何本も絡み合い、まるで網のようになっている。その網は、上にある丸太が重なった足場から垂れ下がっていた。

つまり、この網を上って、先に進まなくちゃいけないのか。

「……マジかよ」

俺は覚悟を決めて網に手をかける。

長さは五メートルほどだ。蔦も頑丈《がんじょう》だし、さすがにこれくらいなら上れる。

ちょっと息を切らしながら上り終え、足場に到着した。

そして、目の前の景色を見て、思わず再びそう呟く。

「……マジ、かよ」

上った先に、また丸太の通路があると思った。だが、あるのは蔦のロープ。

足場の先は崖のようになっていて、離れたところに別の足場が見える。このロープを振り子のように使って向こう側に行くらしい。しかも落ちたら……あれ、蔦の網が張ってある。これなら落ちても平気そうだ。

というかこれってやっぱり、完全な遊戯場だな。

◇◇◇◇◇◇

「にゃっほーーーっ!!」

「わーい!!」

ミュアちゃんとライラちゃんは、飛び石のように配置されている丸太をポンポン飛ぶ。

「まんどれーいく」

「あるらうねー」

『ジャンプ!!　ジャンプ!!』

マンドレイクとアルラウネは、ウッドと一緒に蔦の網で気持ちよさそうにポンポン跳ねている。

「あっははは、これ楽しいーーーっ!!」

「のーま待ってーーーっ!!」

ノーマちゃんは遊戯場を猛スピードで何周もしていた。そしてエイラちゃんも、やっぱりデーモンオーガというべきか、この遊戯場の仕掛けを難なく越えてノーマちゃんに付いていく。

「……あ、アシュト、ごめん」

「い、いや……いいよ、ミュディ」

俺とミュディはというと、ロープで向こう側に渡ることができず、蔦の網の上に落っこちた。

現在、俺の上にはミュディが乗っかってモゾモゾ動いている。同じ位置に落ちた俺とミュディは、密着しながらの脱出を試みていた。

とりあえず、ミュディの身体はすごく柔《やわ》らかいということがわかりました。

俺の顔の上に、ミュディの胸がプニプニと触れる。

「いやぁ……ちょ、なにこれぇ」

「……」

頼むミュディ、俺の上で腰をくねらせながら動かないでくれ。

なにこれ、どうしてこうなった？

でも……ありがとうございます、『森の遊戯場《アスレチック・ガーデン》』!!

第七章　銀猫にクリームを

ピクニックから数日後、俺は診察室で薬草の調合をしていた。

「ふんふんふ～ん」

すり鉢《ばち》で、薬品用温室から収穫した各種ハーブをすり潰す。

まず、庶民の軽食としてもポピュラーな、『アルォエの葉』だ。

このアルォエの葉は、葉の皮を剥《む》くと白く柔らかい葉肉が出てくる。そのままだと味がないので、砂糖を付けてオヤツ感覚で食べたり、塩を振って酒のツマミにしたりと食べ方は様々である。

だが、薬師《くすし》の視点から見ると、これは素晴らしい薬草でもあるのだ。

アルォエの葉は、各種ハーブ・オイルと混ぜ合わせることで、手荒れや美容に効果があるクリームを作れる。

材料も簡単に集まるので、庶民の間では手作り美容品として愛用されている。

さて、俺はこのクリームを作ろうとしているのだが、もちろん、俺が自分のお肌をスベスベにするために作ってるのではない。

「銀猫族、魔犬族の少女たち、シェリーとミュディ……」

そう、村の女の子たちにあげるのだ。

特に、銀猫族たちには世話になってるからな。

先日、シルメリアさんの手が水仕事で荒れてるのを見て、なんとも言えない気持ちになった。

シルメリアさんだけじゃなく、村で家事仕事をしてる女の子たちはみんなそうだ。年頃……なのかは知らないが、朝から晩まで忙しくて、着飾るヒマもないだろう。

俺にできるのは、少しでも気遣ってあげることだけ。

「よし、次は植物性オイルを加えて……」

鍋にすり潰したアルォエの葉を入れ、オイルを加える。

粉状にした各種ハーブを加え、杖で鍋を軽く叩く。すると魔法の影響で、鍋がじんわりと熱を持った。

「……よーし」

数十分ほど煮詰めて、キレイな緑色のクリームが完成した。

これを冷やし、スライムで作ったジャムの瓶に入れる。ラベルに「食べられません」と小さく記載することも忘れない。

その時、俺の肩にふわりと小さな人影が下りてくる。

『変わった色のシロップね。アシュトもお料理するの？』

透き通った蝶の羽根を持つ、二十センチほどの少女。フィルことハイピクシーのフィルハモニカだ。

フィルは、俺の肩に座ることが多い。重さをまったく感じないから別にいいけど。

「これはシロップじゃないよ。手や顔に塗るクリームなんだ」

『クリーム？　へぇ……でも、おいしそうな匂いね』

「食べちゃダメだからな」

『はぁーい』

「気になるなら、少し塗ってみるか？」

『……ちょっと面白そう。ちょうだい!!』

指先に少しクリームを付けて差し出すと、フィルは小さな手でクリームを取って顔に塗る。そして、顔をほころばせた。

『ふわぁ、いい匂い……しかも、なんだかつるつるして気持ちいいわ』

「だろ？」

『ねぇ、ほかの子にも教えてあげていい？』

「ああ、いいぞ」

『やたっ、ありがとアシュト!!』

フィルは、開いていた窓から飛んでいった。

俺は完成したクリームを持ち、シルメリアさんのところへ向かう。この時間帯なら、家の掃除や洗濯をしているだろう。

アルォエクリーム、喜んでくれるといいな。

シルメリアさんは、すぐに見つかった。外で洗濯物を干しているようだ。

シルメリアさんは俺の姿を見るなり、作業を中断して頭を下げる。

「お疲れ様です、ご主人様。今、お茶の支度を」

「その前に、シルメリアさんにプレゼントを持ってきたんですよ」

「え？」

俺は、緑色のクリームが入った小瓶を差し出す。

「これ、アルォエクリームっていうんです。手に塗ると肌荒れを緩和《かんわ》して、顔に塗ると美容効果があります。いずれは銀猫族みんなの分を作りますけど……まずは、お世話になってるシルメリアさんに使ってほしくて」

「え……こ、これを、私に？」

「はい。さ、どうぞ」

「あ……」

シルメリアさんは、恐る恐る小瓶を手に取った。

「洗い物のあとやお風呂上がりに少量、手や顔に塗りこんでください。ハーブも少し含まれているので、リラックスできると思いま……って」

シルメリアさんは、泣いていた。

涙を流しながら、小瓶を大事そうに抱えている。

やばい、これは想定外だ。ど、どうすれば……

「あ、あの……」

「申し訳ございません、ご主人様……嬉しくて」

「あ、いや……ははは」

ははは、じゃねぇだろ俺!!

「前のご主人様も優しかったですが……このような贈り物を下さる方ではありませんでした。それに、ご主人様がわざわざ、私のために……」

「そりゃ、俺やみんなのために頑張ってくれてるんです。これくらいさせてくださいよ」

「ご主人様……」

う……なんかシルメリアさん、かわいい。

うるうるした目で俺を見つめ、ネコ耳がピクピクッと動く。

このままだとやばいので、強引に話題を変える。

「あ、あーその、なんか村が静かですね。みんなはどこに？」

「はい。ハイエルフや他種族の方は『アスレチック・ガーデン』で汗を流しています」

「あー……」

アスレチック・ガーデン。

俺とミュディと子供たちでピクニックに行った時に作った遊戯場だ。名称は魔法の名前からそのまま付けている。

作ったはいいが、森を元に戻すことができなかったのでそのまま放置していたのだ。

アスレチック・ガーデンをとても気に入った子供たちがエルミナに報告。評判を聞いたエルミナは、ハイエルフたちを引き連れて遊びに出かけた。

その結果……『このアスレチック・ガーデンは素晴らしい、村の遊戯場として拡張するべきだ』と、ハイエルフ全員で俺を説得しに来た。もちろん頷いたよ……だって、ハイエルフってみんな可愛い女の子だし、集団でグイグイ迫ってこられると断れない。

俺がした仕事は、『樹木移動《ツリームーヴ》』で村までの道を整備し、アスレチック・ガーデンを拡張。それと、泉の近くに仮設休憩所の設営を指示した。

おかげで、仕事休みの村人が遊ぶようになった。なんでも、ストレス解消にもってこいだとか。

「まぁ……みんな楽しそうだしいいか」

「はい、ご主人様。では、お茶の準備をしますのでお待ちください」

「はーい」

俺は庭にあるベンチに座り、手早く洗濯物を干してお茶の用意をするシルメリアさんを眺める。

『おーいアシュトーーーっ!!』

「ん、フィルか？」

と、フィルがこっちに飛んできた……たくさんのハイピクシーを引き連れて。

『アシュトアシュト、さっきのクリームもっとちょうだい‼　みんな欲しいってさ‼』

「えぇ？　もうシルメリアさんにあげちゃったからなぁ」

『えーーーっ⁉　じゃあ作ってよぉ』

「もう少し待ってろって。これからお茶の時間だ」

『いま欲しいのーーーっ‼　ほらみんな来たぁっ‼』

あらら、フィルがハイピクシーに囲まれた。

『わわわっ、やめてよぉーーーっ』

仲間たちからもみくちゃにされるフィル。

その時、お茶の道具を持ったシルメリアさんが来た。

『シルメリアぁぁっ‼　アルォエクリームちょうだいっ‼』

「……申し訳ありません。これはご主人様からのプレゼントですので」

『ちょっとでいいからぁーーーっ』

「ダメです」

ハイピクシーに追いかけられるフィルと、楽しそうに笑うシルメリアさん。

俺も釣られて笑った。

今日も、村は平和だった。

第八章　シェリーとセントウ湯

村民浴場。

それは、村民の憩《いこ》いの場であり、疲れた身体をリフレッシュさせて、明日への英気を養《やしな》う場所。

当初は普通の湯だけだったが、最近は俺が育てた薬草を湯船に投入し、『薬草湯』にしていることが多い。

毎日、日替わりで湯の種類が変わる。

独特な香りでドワーフたちに人気のある『ドクダミーの湯』、すっきりとした香りでハイエルフから好評な『ムィントの湯』、柑橘《かんきつ》系果実の皮を集めてお湯に浸し、銀猫族と魔犬族に人気の『果実の湯』などだ。

ほかにもいくつかあるが、まだ効能を実証していないので保留中。

村長湯で効能を試し、問題がなければ村民浴場に入れるというやり方を崩すつもりはない。まずは俺の身体で実験する。だって薬草を育てているのは俺だからな。

実は、『日替わりで湯を変えるのは面倒だ。最初から好きな湯に入れるように、湯船の数を増やせばいい』なんて声もチラホラ出始めている。

また、最近村に加わったサラマンダー族は……

『自分たちの体温で風呂の温度が上昇しちまって……なので、自分たちは風呂は遠慮します!!』

なーんて言うから困った。

確かに、サラマンダー族は、何もしなくても体温は高い。体内に熱を発する器官があるためらしいけど、詳しいことはわからない。

ただ、この村に来た以上は彼らも大切な住人だ。我慢させるのは……と思ったら、浴槽《よくそう》を管理しているエルダードワーフのフロズキーさんからこんな案が出た。

「だったら、蒸し風呂を作ればいい。湯船に浸かるだけが風呂じゃねぇ」

そう、蒸し風呂。

狭い個室の中で、熱した石にお湯を掛けて蒸気を出す。その熱で室内を温めて汗を流すというものだ。かなり熱くなるが、サラマンダー族なら大丈夫。蒸し風呂なら彼らも満足するかもしれない。

そういうわけで、浴場の裏手に急遽《きゅうきょ》蒸し風呂が作られた。

大浴場からも出入りできるように通路を設けて改築した。

なお、自動で石を熱してお湯を流して蒸気を出す仕組みを作ったので、中は一日中温かい。ちなみにこの程度の仕掛けなら、ドワーフたちからすれば朝飯前らしい。

完成した蒸し風呂は、サラマンダー族に大好評だった。

ただ、サラマンダー族専用の蒸し風呂は高温で、普通の人は入ることができない。なので、ついでに低温の蒸し風呂も同時に建設された。こちらはドワーフやハイエルフたちにも大人気だ。

さて、サラマンダー族の人々は、蒸し風呂についてこんなコメントを熱く語ってくれた。

己の流した汗が蒸発して蒸し風呂内をさらに熱し、これでもかというほど汗が流れる。そして蒸し風呂から出た瞬間に浴びる夜風は、究極の至福とのこと。

そのあとに飲むエールは、長い人生で味わったことのない甘露《かんろ》だとか……サラマンダー族、なぜか総出で俺に感謝してた。いやいや、感謝するのはドワーフたちにでしょ。

ちなみに、村長湯にも小さな蒸し風呂が作られた。

入ってみたけど、十五分が限界。上がったあとに汗だくだくで飲む冷たいエールがマジ美味い。

村の風呂事情はこんな感じだ。

◇◇◇◇◇

さて、いつもは風呂に入ってから夕食という流れだが、今日は俺だけ夕食後に風呂へ向かう。ちなみにシェリーはエルミナの家で食事してる。

なぜかというと、入浴剤作りに時間がかかったからである。

「ねぇアシュト、今度はどんな湯になるの?」

と、夕食時に真っ先に聞いてきたのはミュディだ。

ミュディは村一番と言っていいほどの風呂好きである。一時間は浸かってる。ドクダミーの湯で肌がスベスベになった時なんて、シェリーがドン引きするほど興奮してたな。

「今回は薬草じゃなくて、花を使ってみた」

「花？」

「ああ。これだ」

俺はポケットからスライム製の小瓶を取り出す。

中身は、水のように透き通った液体だ。

「水？」

「違う。花のエキスを抽出して、極限まで濃度を高めたんだ」

「……？」

よくわからない、という表情を浮かべるミュディ。

ミュディだけじゃない、ミュアちゃんやライラちゃん、シルメリアさんも首を傾げている。

まぁ、実際に見せた方がいいな。

俺はスライム製コップに水を満たし、杖でコンコン叩く。すると水はたちまちお湯になった。

「このコップの湯が風呂だとする。そしてこいつを一滴――」

「ひっ、きゃうぅぅぅぅんっ⁉」

「わわ、ライラ？」

小瓶を開けた瞬間、ライラちゃんが鼻を押さえ、ミュアちゃんが彼女を優しく抱きしめる。

しまった、魔犬族のライラちゃんは嗅覚《きゅうかく》が鋭い。こいつの匂いに敏感《びんかん》に反応した。

俺は慌てて蓋を閉める。

「くぅぅぅん……おはな、いたい」

「ご、ごめんライラちゃん!!　よーしよーし」

「わぅぅ」

頭をなでなですると、ようやく落ち着いた。

ここでの実験はダメだな。やっぱり村長湯でやるしかない。

すると、エルミナの家に行っていたシェリーが帰ってきた。

「ただいまー、はぁ～疲れたぁ。エルミナたちと盛り上がっちゃった」

「お帰りなさいませ、シェリー様」

シルメリアさんが頭を下げるのと同時に、俺は立ち上がる。

「よし、じゃあ風呂に行ってくる」

「あれ、お兄ちゃんまだ入ってないの？」

「ああ。新しい湯の実験をしようと思ってな」

「……ふーん」

さてと、パパっと風呂に行くか。

◇◇◇◇◇

「……で、なんでいるの？」

「いいじゃん別に。あたしもお風呂まだだしー」

村長湯の脱衣所には、シェリーがいる。

なんでも、新しい湯を最初に試してみたいらしい。

「ほらほらお兄ちゃん、早く脱いで中に行ってよ」

「えぇ？」

「それとも……あたしが服脱いでるところ見たいのー？」

「アホ」

俺は服を脱ぐ。いちおう上から。

「わぁ……」

こちらを見て感心したような声を出すシェリー。

「な、なんだよ」

「いや、ひょろいなーって思って」

「……」

こいつ、追い出そうかな。

ちくしょう。俺はシェリーみたいに軍で鍛《きた》えてないからな。ずっと勉強漬けだったし。

「……あっち向いてろよ」

「なになに？　妹に見られるの恥ずかしいの？」

「当たり前だろ。というかお前、見たいのか？」

「ば、バカ!!　お兄ちゃんの変態!!」

「じゃあこっち見るなよ……」

シェリーがそっぽ向いてる隙《すき》に下を脱ぎ手拭いで巻いて隠す。そして、瓶を掴んで浴場内へ。身体に湯を掛けて、さっそく瓶に手を伸ばす。と、続いてシェリーが入ってきた。

「お・に・い・ちゃんっ!!」

「おう、じゃあさっそく実験するか。いいか、見てろよ」

「ちょい待て」

「……なんだよ」

「お兄ちゃん、あたしを見てなんとも思わないの？」

「……」

シェリーの格好は、手拭いを二枚使って隠してるだけだ。

腰布代わりに一枚、胸を隠すように一枚。俺からすれば「だからなに？」って感じだ。大体、前にもシェリーの裸は見たことあるし。

「というかお前、キャラ変わったよな」

「な、感想がそれ!?　酷くない!?」

「はいはい。シェリーは可愛いよ。胸も大きいし腰もくびれてるし、肌は健康的でスベスベだし、抱っこしたら柔らかいんだろうなぁ……って思う」

「……っ!!」

お、褒めたら耳まで赤くなった。さて、静かになったし実験開始だ。

「とにかく、見てろよシェリー」

「……」

瓶を開け、湯船の中に、透き通るような花のエキスを全部垂らす。

すると、変化はすぐに現れた。

「わぁ……なにこれ」

「……うん、いい感じだ。それに……」

「うん……すっごくいい匂い。これ、花の香り？」

「ああ、そうだ」

湯船は、とても鮮やかな桃色に変化した。

そして、甘く爽やかな果実のような、非常にいい香りが浴場を満たす。

「名付けて、『セントウ湯』だ。セントウの花のエキスを抽出して、セントウの果汁《かじゅう》と合わせたんだ。ほら、セントウを水に浸けると酒ができるだろ？　だったら花の状態で浸けたらどうなるんだと思って試してみたら、水の色が桃色に変わった。で、いろいろ実験して作り出したのが、このエキスってわけ」

「……すごい」

「ほら、入るぞ」

「う、うん」

シェリーと一緒に湯船に入る。

隣り合って座ると、意外と距離が近い。

「はぁ～……色も香りもいい。あとは副作用さえなければ使えそうだ」

「んん～……あったかいね、お兄ちゃん」

「ああ……いいなぁ」

「ふぁ～……」

しばし、セントウ湯を堪能《たんのう》する。

あったかくて気持ちいい……これ、大当たり……かも。

やべぇ……いいわ。

「ねえ、おにいちゃん……」

「ん……？」

「あたしたち、寿命がすっごくのびたんだよね……？」

「ああ……ハイエルフ並みだから、数千、数万年かなぁ……」

「そっかぁ～……じゃあさ、もう人間相手じゃ結婚できないね……」

「えぇ？　……そうかぁ？」

「うん……だってさぁ……結婚しても、すぐにお別れになっちゃう……そんなの、さみしいよ……」

「……ん」

「おにいちゃん……あたし、おにいちゃんとなら……いいよ？」

「え……？」

「けっこん……だって、あーもさんや、ばるぎるどさんも……きょうだい、こん」

「あぁ……うん」

「おにいちゃん……すき」

「あぁ…………」

「…………」

「…………」

「…………ぶく」

「…………んぶ」

…………

…………

……

「…………ぶ、ぶばぁぁぁっ!? げーっほげっほ!? しぇ、しぇりー起きろ!! 死ぬぞ!!」

湯の中で寝てしまった。いつの間にか、意識が飛んでいた。

「やばい、このセントウ湯……超高濃度のセントウ酒だ!!」

皮膚《ひふ》からも酒が染みこむのか、酔いが回るのが速い!!

フラフラしながら、転がるように湯船を脱出する。

腰に巻いた手拭いが外れてしまうけど、そんなのかまってる場合じゃない!!

「シェリー、おいシェリー……!!」

「………」

シェリーは、湯船に顔を付けてボコボコやっていた。

俺は手を伸ばし、シェリーを引っ張って湯船から上げる。

手拭いの上も下も取れて全裸《ぜんら》だが、気にしてられるか!!

「シェリー、シェリー!!」

「うううう……んんん」

「おい、おきろ、ここから出るぞ……」

「んん～……」

シェリーを担《かつ》いで浴場から脱出。

脱衣所に入り、お互い大の字で寝転がる。素《す》っ裸《ぱだか》とかマジでどうでもよかった。

シェリーも、女の子にあるまじき格好だが、気にする余裕がなさそう。

「み、みず……」

下着だけ履《は》き、浴場隣の休憩室に向かい、冷蔵庫から水の瓶を取って飲み干す。

そのままもう一本、瓶を持ってシェリーのもとへ。

「……うわぁ」

大の字で寝てるシェリー。もう羞恥心《しゅうちしん》もクソもないな。丸見えだよ。

身体を起こして水のボトルを口元へやる。

「ほら、シェリー、水飲め」

「あ、んん……」

「ゆっくりな」

「ん～……」

水を飲み干したシェリーはそのまま寝てしまった。

とりあえず休憩室に運び、シーツを身体にかける。あとでミュディを呼んでこよう。

「セントウ湯、大失敗だな……」

これはお蔵入りになりそうだ。


俺の前で全裸で大の字になったシェリーは翌日、しばらくまともに口を利いてくれなかった。どうやらシェリーは酔っても記憶が鮮明に残るタイプらしい。

顔を赤らめながら「もうお嫁に行けないぃ～」と泣いていたから、「じゃあ俺がもらってやる」と冗談で返したら真っ赤になって逃げだしてしまった。それ以来、俺を見る度にシェリーは逃げていく。

ま、シェリーは放っておこう。

あれからも、新しい湯の開発は進めてる。

牛のミルクを使った『ミルク湯』はなかなか好評だったが、掃除がかなり大変なのと、湯を浄化するまでの時間が掛かるのが難点で、一度きりでやめた。

あまり凝《こ》った湯を作っても、浄化しないと川に流せないしな。

なので、現状は薬草湯と果実湯だけにした。

お湯に入れる用の薬草の種類を増やしたり、果実の皮をたっぷり集めて冷凍保存しておく。

浴槽の増築計画も俺のところへ来てる。

やはり、薬草は薬草、果実は果実で入りたいらしい。蒸し風呂のあとに水風呂に入りたいなんて声もあるしな。

ということで、建築許可は出した。あとは完成を待つだけだ。

村はまだまだ繁栄してる。

そろそろここの名前を考えないとな……と、思っていたある日、村に来客があった。

第九章　ブラックモールのポンタさん

それは、エルダードワーフのアウグストさんと、図書館の内装について話している時だった。

図書館の敷地内で、あまりにも突然に、俺とアウグストさんのすぐ横の地面がボコッと陥没《かんぼつ》したのである。

「うわっ⁉」

「おお？　なんだこりゃ」

大きさは五十センチほどだろうか、円形の穴が開き、モゾモゾと何かが出てきた。

「ふぅ～、着いたんだな」

現れたのは、黒いモグラだった。

全長五十センチほどで、見た目はまんまモグラだ。普通のモグラと違うのは、作業用のオーバーオールを着てることくらいか。

穴から這《は》い上がると、身体に付いた土をポンポン払う。

すると、アウグストさんが何かに気付いたようにモグラに声をかけた。

「ん？　オメーもしかして、ポンタか？」

「おぉ～、やっぱりアウグストどん。ひさしぶり～」

「やっぱそうか。こりゃ懐かしい顔だ」

どうやら、アウグストさんと顔見知りらしい。というかこのモグラ、普通に喋ってるぞ。

ポカンとしていると、アウグストさんが紹介してくれた。

「紹介するぜ村長、こいつは『ブラックモール族』のポンタだ。エルダードワーフの故郷では随分と世話になってる」

「はじめまして。ポンタなんだな」

「ええと、こんにちは。村長のアシュトです」

とりあえずしゃがんで目線を合わせて握手する。

なんというか……可愛いな。ちょっと大きいモグラのぬいぐるみみたいだ。

「あなたが噂の村長さんなんだな？」

「はは……どうも」

「ちょうどよかった～、ちょっとお願いがあって来たんだな」

「お願い、ですか？」

「そうなんだな。この村で作られたお酒はすっごく絶品という噂なんだな。だからブラックモール族とも交易してほしいんだな」

用件は、まさかの交易希望だった。

こちらから出向くことはあったが、来てもらったのは初めてだ。

詳しい話を聞くべく、とりあえずポンタ……さんを俺の家に案内する。それを見たアウグストさんは、「来客用の建物も必要だな……」なんて呟いていた。

村に関わることなので、各種族の代表も呼んで同席してもらう。

ハイエルフからはエルミナ、エルダードワーフからはアウグストさん、銀猫族は席にこそ着かないが部屋の壁際でシルメリアさんが待機、魔犬族からはベイクドさん、ハイピクシー族からはフィル、サラマンダー族からはグラッドさんだ。なにこのメンバー、すげぇ。

ちなみに、デーモンオーガの家族にも声をかけたが断られた。バルギルドさんは『オレたちの仕事は狩ること。難しいことはわからん』だってさ。なんというかカッコいいな。

というわけで、話し合い開始。

「おいしいお酒が欲しいんだな。もちろん、それに見合う対価も払うんだな」

「対価ね。ブラックモール族は採掘が得意なんでしょ？」

「そうじゃ。ワシらエルダードワーフも採掘業を営んでおるが、ブラックモール族の足元にも及ばん」

エルミナの質問に、アウグストさんが答える。

現在、村で使ってる金属製品は、村の近くにある鉱山（鉱山の存在を俺はこの場で初めて知った）で採取した鉱石から作られてるらしい。

すると、ベイクドさんが言う。

「ブラックモール族は採掘もスゴいですけど、大地のスペシャリストとも呼ばれてますよね。土を柔らかくしたり土の状態を見たり、農業関係で右に出る者はいないとか」

「照れるんだな。そんなに褒めないでほしいんだな」

うわぁ、照れてるポンタさん可愛いわ。

「っと、脱線したわね。それでポンタ、お酒の対価に何を支払うつもり？」

エルミナが話を戻す。

「もちろん鉱石なんだな。それと、この村に仲間を呼んで、エルダードワーフの代わりに採掘をするんだな!!」

「お、そりゃいいな。なぁ村長、これはいい案だと思うぜ」

「なるほど、確かに」

アウグストさんの言葉に、俺は同意する。採掘をブラックモール族に任せれば、エルダードワーフは建築その他に集中できる。

「でもでも、発掘した鉱石は運んでほしいんだな。ぼくら掘るのは得意だけど、力はそんなに強くないんだな」

「それは、サラマンダー族の皆さんにお願いできますかね？」

「へい、叔父貴《オジキ》」

「よし。じゃあポンタさん、話を詰めていきましょう」

話し合いの結果、村に二十名のブラックモール族を受け入れることにした。

二十名は村で仕事をし、対価として三十日に一度、ブラックモール族の故郷に酒を送る。村にいるブラックモール族は村で酒を飲める。

ブラックモール族は村での採掘以外に、故郷で採《と》れる珍しい鉱石も送ってくれるそうだ。

その鉱石をリストアップしてもらったところ、一つの鉱石に目が留まる。

「……オリハルコン鉱石か」

伝説の鉱石オリハルコン。

確か、元・父上が使ってる剣もオリハルコン製だったな。

エストレイヤ家の家宝と呼ばれた『聖剣《せいけん》ビスマルク』。小さい頃は憧《あこが》れたなぁ。

でも、俺の興味は剣ではない。

「確か、エリクシールの材料の一つ……」

オリハルコンの鍋はエリクシールの材料の一つだ。

これがあれば、ドワーフに鍋を作ってもらえる。

『アシュト、どうしたの？』

「ん、いや……」

肩に座るフィルが、俺のほっぺをチョンチョン突《つつ》く。

どうやら、リストを見てニヤニヤしてたのが気になったらしい。

「じゃあ村長、よろしくなんだな」

「ええ、これからよろしくお願いします」

こうして、新たな住人であるブラックモール族が来た。

ブラックモール族は、いろんな意味でスゴかった。

まず、仕事に関しては申し分ない。ドワーフたちが作業していた鉱山をどんどん掘り、掘り当てた鉱石はサラマンダー族に運んでもらっている。

ちなみにブラックモール族の手は鋭い爪になっており、道具を使わずに両手で器用に掘る。

生活に関しても、問題なかった。

最初は土の中で生活するのかと思っていたが、普通に家に住み始めた。

テーブルで食事し、酒を飲み、風呂を楽しみ、ベッドで寝る。

地中を掘って移動するのはあくまで急いでいる時だけ。地中に潜《もぐ》ると服が汚れてしまうため、普段は地面をチョコチョコ歩いている。

ちょっと問題になったのは、その愛くるしい姿だった。

ブラックモール族の一人がミュディの作ったおやつをモグモグ食べ、お返しに何かしたいと言ったら、ミュディは「それなら抱っこさせてほしい」と答えて思い切り抱きしめていた。

それ以外にも、集団でテクテク歩く姿が可愛らしく、度々ハイエルフたちに抱きしめられたりしていたが、彼らはどうもそれが子供扱いのようでイヤらしい。なんとかしてくれと俺のところへ直《じき》訴《そ》に来たんだよな。なので、許可なくブラックモール族を抱きしめるのは禁止にした。

さて、エルダードワーフがますます建築に力を入れられるようになったことで、図書館の建設もいよいよ大詰め。外装は完成し、内装も間近だ。

机や椅子などの家具も用意でき、もう少しでオープンできる。

図書館を待ち望んでいるのは、俺だけじゃない。

住人で言えば、銀猫族が楽しみにしているようだ。休憩時間中に、銀猫族たちが蔵書を保管している酒蔵に入り、読書する姿をよく見かける。

図書館が完成すれば、落ち着いた空気の中、リラックスして読書できるだろう。実に楽しみだ。

そして……俺が待ちに待っていた物も完成する。

◇◇◇◇◇

俺がいるのは鍛冶場。

ブラックモール族が鉱石を送ってきた時、鍛冶関係リーダーのラードバンさんに、あるモノを依頼していたのだ。

「完成したぞ村長。これがお前の望んでいたモノだ」

「おお……!!」

それは、とても美しい剣だった。

オリハルコン鉱石は、鍛え上げると虹色《にじいろ》の輝きを放つのが特徴だ。その硬度はダマスカス鋼とは比較にならないほど硬い。さらに、魔力を無限に吸収することが可能である。

これほどの鉱石を加工することは、並の鍛冶師では不可能。

鍛冶に特化したドワーフでさえ、簡単には手を出せないと言われている。

だが、この村にいるのは『エルダードワーフ』だ。

通常のドワーフを遥かに凌《しの》ぐ技術を持つ彼らは、オリハルコンの加工ですら朝飯前。

中でも、鍛冶関係リーダーのラードバンさんは、エルダードワーフ随一の鍛冶師として知られている。

そんなラードバンさんが打ったオリハルコン製の名剣が、俺の前にある。

細身の両刃剣《りょうばけん》で、柄《つか》や鞘《さや》の装飾も非常に凝っている。

刀身は七色に輝き、エストレイヤ家にある『聖剣ビスマルク』よりも美しく輝いて見えた。

間違いなく、これは国宝級の逸品《いっぴん》だ。

「名付けて『虹神剣《こうじんけん》ナナツキラボシ』だ。久し振りにいい仕事をしたぜ村長。残りのオリハルコンはデーモンオーガたちのために使うぞ」

「ええ、ありがとうございます!!」

「はは、いいってことよ」

「いやぁホントにすごい。さすがです!!」

「当然よ。なんたってワシは、エルダードワーフイチの鍛冶師だからな」

「あはは、そうですね!!」

「おう!!　がっはははは!!」

「あははははっ!!」

「がははははっ!!」

俺とラードバンさんは大笑いし――

「って違ーーーうっ!!　俺が頼んだのは鍋ですよ!!」

そう、オリハルコン製の鍋を依頼したのに、出てきたのは名剣だった。

ついついノリノリになってしまった。

「やれやれ、冗談だってーの。まぁオメーもノリノリだったけどな」

「そ、それはともかく、鍋は!?」

「できてるよ。ホレ」

「おお、今度こそやった!!」

出てきたのは、虹色に輝く鍋だった。

「ったく、オリハルコン製の鍋を作れなんて依頼、九千年以上生きてて初めてだぜ」

「いやぁ……ありがとうございます!!」

「おう。役に立てたならいい……って、待て待て」

鍋を持って鍛冶場を出ようとする俺を、ラードバンさんが引き留める。

その手には、オリハルコン製の剣があった。

「おい、忘れモンだぞ」

「え？」

「剣だよ剣、これも持ってけ」

「いやでも、俺は魔法師ですし……」

「じゃあ壁にでも飾っとけ。これを村長のために打ったたってのはウソじゃねぇ。ワシらエルダードワーフからの感謝の気持ちだ」

「あ、いや、むしろ感謝してるのは俺で……」

「だぁもうやかましい!!　持ってけと言ったら持ってけ!!」

「ひぃっ!?　ははは、はいぃっ!!」

剣を受け取り、俺は逃げるように鍛冶場を出たのだった。

第十章　悪魔商人ディミトリ

とりあえず、名剣は診察室の壁に掛けた。

オリハルコンの鍋は、エリクシール専用の素材棚に置く。いつかここをエリクシールの素材で埋めて、この手で『霊薬エリクシール』を生み出す。それがこれから長く続くであろう人生における、俺の夢だ。

材料は、四つ揃った。

《エリクシールの材料》
・マンドレイクの葉【済】
・アルラウネの葉【済】
・賢者の石
・ソーマ水
・ユニコーンの角
・古龍の鱗
・大樹ユグドラシルの枝【済】
・オリハルコンの鍋【済】

あと四つだ。

素材の名前を見る限り、どれもヤバさしか感じない。

でも、長い人生だ。きっと出会いはある。

「霊薬エリクシール……ふふ、楽しみだ」

夢はそれだけじゃない。

村に所蔵されている一万冊以上の本を読むこと。あれだけの数を読むのに何年必要なのか……でも、きっと読んでみせる。図書館が完成したら収納しなくちゃな。

村も、そろそろ種族代表を集めて名前を考えないと。というか、規模がドンドン大きくなって、このままじゃ村というより町になってしまう。

忙しい。でも楽しい……やることがいっぱいだ。

その時、診察室のドアがノックされ、シルメリアさんが一礼して入ってきた。

「失礼します。ご主人様、お客様がお見えだそうです」

「お客様？」

「はい。それがその……見慣れない御方《おかた》で」

「？」

「村には入《い》れず、入口で待たせています。まずは村長であるご主人様の判断を仰ぐとのことで、キリンジ様とノーマ様が見張っておられます」

「そうですか。じゃあすぐに行きます」

よくわからないが、とりあえず俺は村の入口に急いで向かった。

到着すると、ノーマちゃんとキリンジくんがこちらに気付いて声をかけてくる。

「あ、先生!!」

「村長、怪しいヤツが来てる」

「こらこら、キリンジくん」

初対面の人を『怪しい』と言うのはよくない。

さて、お客さんはどんな人だろう……ええ？

「貴方《あなた》がこの村の村長ですね……初めまして」

「……は、初めまして」

なんというか、強烈なヤツだった。

全身真っ黒のタキシードを着て、髪型はオールバック、耳は人間と変わらない大きさだが尖《とが》っており、目は赤く爛々《らんらん》と輝いていた。

男は優雅に一礼し、顔を上げる。

「ワタクシ、『悪魔商人』のディミトリと申します……お見知りおきを」

あ、こいつ怪しいわ。

「貴方が噂の村長……クックック、面白い。ではさっそく」

「あ、結構です。キリンジくん、ノーマちゃん、その方にはお帰りいただいて」

こいつはヤバいと感じた俺は、話を遮《さえぎ》って背を向ける。

すると悪魔商人ディミトリとやらは、急に慌てだした。

「ちょちょ、待って待って!!　遠路はるばるやって来た商人を、話も聞かずに追い返すんですかぁ⁉」

「いや、怪しいから……」

「いやいや、どこが怪しいんですか⁉　ワタクシ、どう見ても普通の商人じゃないですか‼」

「………」

全身真っ黒のタキシード姿、ベタベタしたオールバック、赤い瞳。

いやいや、絶対に怪しいだろ。これが普通の基準内だったら、世の中は善人だらけだ。

「じゃ、そういうことで」

「ちょーーーっ⁉」

「はいはい入っちゃダメー」

「村長に近付くな‼」

悪魔商人ディミトリは、ノーマちゃんとキリンジくんに押されて村から去った。

さて、妙なヤツはいなくなったし、部屋で読書でもしようかな。

すると、フワフワとした可愛らしい蝶々……じゃなくて、ハイピクシーのフィルが飛んできた。

『あーしゅーとっ』

『ねぇねぇアシュト、おいしい果物が食べたいわ』

「お、フィルか」

「急だな……まあいいや、果樹園でおやつをもらってくるか」

『うん‼』

フィルは俺の肩に座り、足をパタパタさせる。

じゃあ、読書前におやつにでもするか。

◇◇◇◇◇◇

果樹園では、休憩スペースでハイエルフたちがお茶を楽しんでいた。

なんというか、数が多くて気圧《けお》されるな。みーんな女の子だし、ワイワイキャッキャとセントウのような甘いトークを繰り広げてるし。セントウジャムを塗ったクラッカーを食べて楽しそうだ。

「……アシュト村長」

「え、アシュト？　おーいっ!!」

俺に気が付いたルネアが指さし、エルミナが俺を呼んだ。

「アシュト、こっちこっち、アシュトもお茶飲もっ!!」

『もう!!　あたしもいるのよ!!』

「はいはい。フィルもおいで」

言われるがままにエルミナの隣に座ると、メージュがお茶を注ぎ、そこに輪切りのレモンを浮かべて出してくれる。

「はい、村長」

「ありがとう、メージュ」

「どういたしまして。フィルにはこれ」

『やたっ、ありがとう』

フィルには、小さく切ったセントウコンポートが出される。俺の指先ほどの大きさだが、フィルにとってはちょうどいいサイズのおやつだ。

俺は紅茶を啜《すす》りながら、エルミナに聞く。

「さっそくだけど、何か不備はないか？」

「……え、なによいきなり」

「困ったことだよ。あれが足りない、これをしてほしい、とかあるだろ？」

「……」

黙《だま》り込むエルミナ。エルミナ以外のハイエルフたちも話を中断してこちらを見つめた。

なになに、なんだよこれ？

やがて、エルミナがゆっくりと口を開く。

「……引きこもりのアシュトが、村長みたいなこと言ってるわ」

「だから引きこもりじゃねえしっ!!」

「あはは、冗談よ冗談。でも、こうして私たちのこと考えてくれるのは嬉しいわ。ありがとう」

「ん、ああ。その……困ったことはないのか？」

「そーねぇ……」

余談だが、この果樹園は、ハイエルフたちに管理を任せてる。

果物の種類はブドウ、セントウ、リンゴ、バナナ、オレンジなどだが、ハイエルフの里から苗木がいっぱい送られてくるので、何が植えられているか俺も把握していない。

ここは一つ、植えられている作物をリストアップして、収穫量もチェックするべきだろうか。

そう考えていたら、エルミナが思いついたように声を上げる。

「あ、そうだ!! 『アスレチック・ガーデン』の難度をもっと高くしてよ!! ハイエルフはみんな今のアスレチックをクリアしたわ!!」

「いや、そういう要望じゃなくて……」

ハイエルフたちとのお茶会は楽しい。いつの間にか、俺たちは村とは関係ない話で盛り上がる。

「ねーアシュト、おじいちゃんの本はどう?」

「ああ、面白いぞ。ギーグベッグさんはすごい作家だ。王国にもあれほど書ける人はいないと思う」

「そうなの……私にはわかんないわ」

「もう少しで図書館が完成するから、お前もそこで読書しろよ」

「はいはーい」

すると、メージュが言った。

「そういえばさ、村長とエルミナの結婚の話ってどうなったの?」

「ぶっ!?」

「……長《おさ》の命令、絶対」

ルネアが言うと、俺とエルミナはブンブンとかぶりを振る。

「ばば、ばか言わないでよ!!　あ、アシュトと結婚って、私は」

「そ、そうだそうだ。まだ早いって、なぁ？」

「う、うん!!　そうそう!!」

「まだ早い……つまり、結婚の意思はあるってことね」

「……楽しみ」

ニヤリと笑うメージュとルネア。言い訳すればするほど泥沼《どろぬま》だった。

エルミナの反応が面白いのか、周囲のハイエルフが全員俺とエルミナを囲む。

「あーもう!!　私とアシュトはそんなんじゃないってばーっ!!」

エルミナの否定が、虚《むな》しく響いたとさ。

『番《つがい》で増えるなんて、人間もハイエルフも不思議ねー。あむ』

ちなみにフィルは、巻き込まれないように空を飛びながら、セントウを齧っていた。

◇◇◇◇◇

「あ、村長!!　助けてくださぁ〜いっ!!」

「…………」

おやつを終えて家に帰ろうと歩いていると、檻《おり》に閉じ込められてどこかに連行されている悪魔商人ディミトリがいた。

何やってんの、この人は？

檻を運んでいるキリンジくんとノーマちゃんが事情を説明してくれる。

「こいつ、最初は諦めて帰ったんだけど、さっきまた、こっそり林から侵入しようとしたんだ」

「とりあえず、小物用の箱罠《はこわな》に閉じ込めておいたけど、どうしよっか？」

「えー……」

すると、檻の柵《さく》をガシッと掴む悪魔商人ディミトリ。

「だからワタクシは怪しい者じゃありませんっ!!　今オーベルシュタインで一番勢いのあるこの村に商売をしに来ただけですってばぁぁーーーっ!!」

「はぁ……いやでも、悪魔商人なんて名乗るくらいだしなぁ」

「そりゃそうでしょう、ワタクシは『闇悪魔族《ディアボロス》』なんですからぁっ!!」

「ディアボロス族？」

「そうです!!『悪魔族《デヴィル》』の希少種族のディアボロス族です!!　神話七龍にしてこの世界に『夜』をもたらした『夜龍《やりゅう》ニュクス』の寵愛《ちょうあい》を受けし種族ですぅっ!!」

なんか必死すぎるな。

自分で自分のことを悪魔商人とか言ってる黒い男ディミトリ。見た目は怪しさ満点だけど……

「はぁ……わかった。とりあえず俺だけで話を聞くよ。他の種族代表を呼ぶと、また外見のせいで話がややこしくなりそうだし」

「おぉ!!」

「え、いいの先生？」

ノーマちゃんが意外そうに聞いてきた。

「うん。キリンジくん、ノーマちゃん、解放してあげて」

「……わかった。でも護衛には付くよ」

「ありがとう、キリンジくん」

さぁて、何が飛び出すことやら。

キリンジくん、ノーマちゃん、俺に周りを固められ、悪魔商人ディミトリは、村の入口近くに建てられた立派な家に通された。

ここは、来客用の家。名付けて『応接邸《おうせつてい》』だ。

以前、これから必要になるだろうとアウグストさんに言われ、たった二日で完成した。

応接間はもちろん、寝室も完備されており、家具は全てエルダードワーフ渾身《こんしん》の逸品ばかりだ。

王国の来賓《らいひん》室にも引けを取らない、超豪華な家だった。

「素晴らしい。さすがはエルダードワーフ。伝説の職人と言われるだけありますな。やはり、噂通り……」

応接間のソファに座ると、この家の管理を任せてる銀猫族の子がお茶とお菓子を出してくれた。

俺の後ろにはキリンジくん、悪魔商人の後ろにはノーマちゃんが立つ。キリンジくんがこっそり教えてくれたんだけど、俺に危害を加えようとすればキリンジくんが止め、ノーマちゃんが悪魔商人の首を掻《か》っ切る立ち位置らしい。怖っ。

「では改めまして。ワタクシ、ディミトリと申します。オーベルシュタイン北部にある『魔界都市ベルゼブブ』から参りました」

「……ええと、アシュトと申します」

何からツッコめばいいんだ？

今更だが、オーベルシュタインにも町や都市があるのか？　ハイエルフの里やエルダードワーフの故郷の話は聞いたが、他にどんな文明が築かれているのかはよく知らない。

「ふふふ、やはり人間である貴方は、オーベルシュタインの地理について詳しく知らないようだ。よろしければご説明しましょうか？」

「……お願いします」

「では」

ディミトリがパチンと指を鳴らすと、テーブルの上にまっさらな羊皮紙が現れた。というかコイツ、杖なしで魔法を使ってやがる。普通は杖がないと使えないのに。

「まず、オーベルシュタイン領地をこのくらいの広さとすると」

羊皮紙の真ん中に、大きな円を描くディミトリ。羊皮紙の半分以上が円で埋まってしまう。

「人間の王国であるビッグバロッグ王国が、ここ」

円の外側の右下に、指先ほどの円を描く。

「そして、龍人《りゅうじん》の治めるドラゴンロード王国が、ここ」

円の外側の左下に、これまた指先ほどの円を描いた。

「そして、アシュト様が作った村が、ここ」

大きな円の内側、ビッグバロッグとドラゴンロードの中間地点あたりに、豆粒のような円を描く。

「そして、ワタクシの故郷である魔界都市ベルゼブブが、ここ」

大きな円の内側上部に、やや大きな円を描き、ディミトリは顔を上げる。

「位置関係はこのような感じですね。他にも無数の種族がオーベルシュタインに集落を作って暮らしていますが、悠久《ゆうきゅう》の時間を生きる我らディアボロス族も、全ては把握しておりません」

「……」

俺は、このオーベルシュタインの広さに驚いていた。

人間は、とても小さかった。世界は、とても広かった。

「では、商談に入りましょう。まず、ワタクシの商売は、魔界都市ベルゼブブで作られた物と、各地の村や町で作られた物を交換することです」

「交換？　売買じゃないのか」

「ええ。オーベルシュタインの多くの集落は貨幣が流通しておりませんので。その村で作られた物を持ち帰ってベルゼブブで売り、ワタクシは生計を立てております」

「なるほど……」

「風の噂で、人間の青年が希少種族を集め、村を開拓してるとお聞きしまして……しかも実際に訪ねてみれば、ここにいるのは希少種族でも特にレアなハイエルフやエルダードワーフ、最強種族デーモンオーガ、焱龍の寵愛を受けたサラマンダー族、花を司《つかさど》る神秘の妖精ハイピクシー、災禍《さいか》の狂犬と名高い魔犬族、美しき愛猫《あいびょう》と呼ばれた銀猫族……まさか、これほどまでとは」

「は、はぁ……」

大層な言われようだ。よくわからんな。

「アシュト様さえよろしければ、この村にワタクシの店を出店させてほしいのです」

「店？　行商じゃなくて？」

「ええ。ワタクシはこれまで立ち寄った集落や町に、自分の店を出店しております。全ての店は転移魔法でベルゼブブの本店に繋げてますので、一度マーキングをすれば自由に行き来できるのです」

「転移魔法……」

「はい。ですからもちろん、ベルゼブブ製品だけでなく、ワタクシが契約した村や集落の製品とも交換できます」

「なるほど……ふむ」

これは、面白いかもしれない。

俺は、オーベルシュタインの広さに改めて感動した。魔界都市ベルゼブブとかいう場所、数えきれないほどの種族や町、そこで作られた物。

このディミトリは、それらを運んでくれる。

「……わかった。店を出すことを認めよう」

「おお!!」

「よし、じゃあいくつか質問させてもらってもいいか？」

「もちろん、疑問には全て答えさせていただきます」

こうして、悪魔商人ディミトリと取引することにした。

まず、俺はこの村から出せる物をピックアップする。

各種酒、セントウの実、野菜、果物、麦、魔犬族が作った布製品、エルダードワーフが製作した武器や家具。

村で作ってるのはこれくらいか。控えてくれていた銀猫族に、見本を一通り持ってきてもらう。

とりあえず、これらをディミトリに査定してもらった。

「いやはや……言葉になりませんな」

ワインとセントウ酒を飲んだディミトリは驚いていた。

それだけじゃない。村で出せる物全てに感嘆している。

「まずこのセントウ酒……これは間違いなく目玉商品になるでしょう。そしてエルダードワーフの家具、こちらも素晴らしい。魔犬族が作った布製品……まさか、キングシープの体毛を使っているとは。これほどの高級品を見るのは久し振りです。武器や防具にしても、超一級品……むむむ」

メガネを光らせて査定するディミトリ。こうしていると商人に見えなくもない。

「アシュト様、これから長い付き合いになりそうですな」

ディミトリは、ニヤリと笑った。

◇◇◇◇◇◇

ディミトリとの取引が成立した。

まず、村にディィミトリの店となる建物を造らなくちゃいけない。

「アシュト様。支店用の建物ですが……エルダードワーフの皆様に依頼することは可能でしょうか？」

「ああ、大丈夫だと思う」

「では、こちらの図面通りに建築をお願いいたします」

ディミトリが指パッチンをすると、俺の目の前に数枚の羊皮紙が現れる。

「随分と準備がいいな」

「いえいえ、全ての支店は同型の建物にしているのですよ」

「なるほど……では、お預かりします、と」

「はい。よろしくお願いします」

ディミトリは立ち上がり、俺とガッチリ握手する。

「では、いろいろと準備がありますので。ごきげんよう」

ディミトリはもう一度指パッチンすると、その場から消えた。

これが転移魔法なのか。ディアボロス族は魔法が得意な種族なんだな。

すると、商談中ずっと黙っていたキリンジくんが言う。

「ねぇ村長、あいつ信用していいの？」

「うん、とりあえずは大丈夫だと思う」

「……理由を教えてくれよ」

「ま、正直半信半疑ではあるよ。でも、仮に騙《だま》そうってんならみんなが黙ってないだろ？　それに怪しいヤツだけど、村にとっていい風になる可能性があるなら、信用してみようと思ってね」

「楽観的だなあ……」

「ははは。みんながいるからかな？」

笑いながら言い、茶菓子のクッキーを二人にあげる。

ちょっと驚いた顔をしていたが、二人は嬉しそうにクッキーを齧った。

さて、俺もいろいろ準備しないとな。

第十一章　ディミトリの館

ディミトリが話題に出したが、この村には『貨幣』がない。

王国にいた頃はもちろんお金を使っていた。金貨に銀貨、銅貨に紙幣。だが、それらはこのオーベルシュタインではなんの価値もない。

現状、この村では衣食住、全てが揃ってる。

まず『衣』。

これは魔犬族の少女たちが服を作ってる。

デザイナーとして意外な才能を発揮したミュディが、様々なデザインの服を考えては配ってる。で、ハイエルフたちと自宅でファッションショーを開催したり、銀猫族たちに新作のメイド服をプレゼントしたり……新しい服のデザインをするのが楽しくて仕方ないとミュディは言っていた。

材料は主にキングシープの体毛。森の花や植物といった染料を採取して色を付けたりしてる。

服や下着に関しては、まったく困っていなかった。

そして『食』だ。

これも問題ない。収穫した野菜は全て『野菜冷蔵倉庫』に、狩りで得た肉は『冷凍倉庫』に貯蔵され、必要な分を取り出して調理している。

調理は専《もっぱ》ら銀猫族たちの仕事だ。個々の家に出向いて食事を作っている。

銀猫族たちも出向いた家で食事をする。

最後に『住』だけど、これは言うまでもない。

現在、住人たちはある程度の人数で共同生活を送ってる。

銀猫族たちは、普通の家よりも大きな寮に全員で暮らし、ハイエルフとエルダードワーフは種族ごとに固まって二〜三人で一つの家を使い、魔犬族は兄妹グループ、サラマンダー族は五人、ブラックモール族も三〜四人で生活してる。

それでも、空き住居はかなりある。

おそらくだが、これからも住人は増える。なので備えだけはしているのだ。

ちなみに、収穫物や製造品は、全て俺の物という扱いになっている。

そんなわけで、酒を飲みたい場合、俺の許可がないと酒蔵から出すことができない。そのためいちいち俺に許可を求めに来る。それが煩《わずら》わしかったので、ルールを作った。

二十日に一度、住人に酒を配ることにしたのだ。

酒をボトルに入れ、セントウ酒一本・赤ワイン二本・白ワイン二本・ブレンドワイン一本・ウイスキー一本を一度に支給し、浴場にある冷えたエールだけは飲み放題にする。これ以上は交易にも使うから出せない。ハイエルフの里やブラックモール族の人々も、酒を楽しみにしてるからな。

ちなみに、この制度は好評だった。

エルミナだけは早々に飲み干してしまい、よく俺に酒をねだりに来るが、一人だけ贔屓《ひいき》はできないのでしっかり断る。

ドワーフたちも酒好きだが、節度は守っていた。

酒を飲むのは晩酌《ばんしゃく》と、風呂上がりのエール一杯だけだ。

ぶっちゃけ、エルミナ以外はちゃんとやっていた。

以上。つまり、この村に貨幣は必要ないということだ。

◇◇◇◇◇◇

ディミトリの支店設計図をアウグストさんに渡し、建築が始まった。

それから数日後、再びディミトリがやってきたので、『応接邸』に案内する。

「ワタクシの準備はできました。あとはここの支店待ちでございます」

「あと数日で完成する予定だ」

「そうですか。では、まずはこちらをお納めください」

「……これは？」

ディミトリが指パッチンで俺の前に出したのは、数種類の苗だった。

「はい。支店の建設費用です。アシュト様は薬師でもあるとお聞きしましたので、現金よりも薬草を差し上げた方がお喜びになるかと」

「おお……」

「これらはベルゼブブ近郊で採れる稀少薬草です。それぞれの効果は……」

「あ、それは自分で調べるから大丈夫。ありがとう」

これはありがたい。

どれも見たことがない薬草だ。調べがいがある。

「それとアシュト様、いくつかお願いがございます」

「ん？」

「支店が完成したら、住人を集めてほしいのです。どうもワタクシは警戒されているようで……」

「そりゃそんな怪しい見た目だからな」

「ホホホ、手厳しい。どうかお願いします」

「わかった。それで、何をするんだ？」

「ええ。商品のデモンストレーションでございます」

「……？」

よくわからず首を傾げたら、ディミトリは詳しく説明し始める。

「この村に必要と思われる商品をいくつかお持ちしました。それらを実際に使用し、住人の皆様に興味を持っていただきたいと思いまして」

「ふぅん……？」

「ではアシュト様、こちらをご覧ください」

「………」

ディミトリが、いくつかの見慣れない道具を取り出した。

そして実演……

「おお、これはすげぇ……」

今見せてくれたのは、どれも間違いなくこの村で役に立つ道具……そう思った。

◇◇◇◇◇

数日後、ディミトリの支店が完成した。

「……素晴らしい。この短期間でこんなにも見事に完成させるとは。さすがエルダードワーフでございますね」

感嘆の声を上げるディミトリ。

支店は横長の平屋で、中は棚やショーケースが設置されている。

カウンターの奥には部屋があり、そこを倉庫として使うらしい。

さらにその奥にも部屋があった。そこに魔法円を描き、転移魔法のマーキングをするそうだ。

「ではアシュト様。開店準備をしますので、二日後に住人をここへ集めていただきたい」

「わかった。何かこちらで手伝えることは？」

「そうですね……いえ、お気持ちだけで十分です。なるべく住人の方々には秘密にしたいので。それに、ワタクシの商会の従業員を連れて参りますから」

「わかった」

これは事前に打ち合わせをして決めておいたことだが、村にはディミトリの経営する商会の従業員が住む予定である。

いくつもの店を掛け持ちしてるディミトリは忙しい。各支店には常駐の店員を置いて対応する。

ここもその一つだ。

「ホッホッホ。忙しくなりますねぇ♪」

「…………」

この胡散臭《うさん》さがなければ、いい人に見えるんだけどなぁ……

◇◇◇◇◇◇

二日後。

ディミトリの店の前に、村人を全員集めた。俺はディミトリの店の脇に立っている。

いつの間にか、店には看板がかかっていた。

『悪魔商店ディミトリの館・【　】支店』……うーん、ネーミングセンスが凶悪なんだよなぁ。

ちなみに【　】の部分は村の名前が入る予定。忙しくて村の名前を考えるのは後回しにしてたからな……今度、会議を開くか。

それと、俺の隣にはメガネを掛けた黒髪の少女がいる。さっきディミトリが連れてきた子だ。

「代表。そろそろ」

「えぇ、始めましょうか。ではアシュト様」

「は、はぁ」

黒髪の少女とディミトリの言葉を合図に俺が片手を上げると、ガヤガヤ騒いでいた住民は静かになった。

そして、ディミトリが一歩前に出て演説を始める。

「レディ～～～スァ～～～～ンドジェントルムェン!!　本日はお集まりいただき誠に感謝いたします」

言い終えると同時にディミトリと少女は大仰《おおぎょう》なポーズで一礼。やっぱ胡散臭い。

「ワタクシ、悪魔商人ディミトリと申します。こちらはワタクシの助手にしてこの支店の店長リザベル。どうぞお見知りおきを」

再び一礼。どこまでも腰が低い。

「まずワタクシめらの紹介から。ワタクシとこちらのリザベルは、オーベルシュタイン北部にある魔界都市ベルゼブブからやって参りました。ご存知の方、いらっしゃいます？」

シーンとしてる。誰も知らないようだ。

「ワタクシがここに出店した理由は、皆様の技術とその結晶を、ワタクシに恵んでいただきたいからであります。もちろん、それに相応しい対価もご用意してございます」

この村で作った物とベルゼブブで作った商品を交換し、村の物をベルゼブブで売ってお金に換えることがディミトリの目的。

今日、みんなを集めたのは、商品の宣伝をするためだ。

「本日はその商品の一部をご紹介いたします。まずはこれ!!」

支店長のリザベルが、お盆《ぼん》に載った商品をディミトリに差し出す。ディミトリはそれを掴《つか》み、みんなに見えるように掲げた。

「なんだありゃ？」

「金属製みたいだが」

「へ、武器なら間に合ってるぜ？」

威勢のいい住民が口々に声を上げる。いろいろ言ってはいるが、とりあえず興味は持っているようだ。

ディミトリが持ってるのは、ゴツい片手持ちのナックルダスターみたいな物。

確かに、持つと武器に見えなくもない。だがこれは武器じゃない。試しに使わせてもらった俺はわかる。

「こちらは武器ではございません。エルダードワーフの皆様の助けになる、画期的な商品でございます!!」

ディミトリは、商品のボタンを押し、商品から四角い空箱のような物を外した。

「まずここに、ある物を補充します」

そう言って取り出したのは……エルダードワーフが作った『釘《くぎ》』だ。

ディミトリは、空箱に釘を補充して再びカチリと戻す。

「これで、ここに釘が補充されました。勘《かん》のいい方はもうおわかりですね?」

いや、みんな首を傾げてるよ。

すると、リザベルがディミトリのもとに横長の板を持ってくる。

「では実演します。ご覧あれ!!」

ディミトリは、商品を板に押し当て、持ち手部分にある引金を人差し指で引いた。

次の時間、『バチン!!』といい音が響く。

「おわかりですか?」

再び、バチンバチンバチンと音が響く。

リザベルが板を掲げると、そこには釘が刺さっていた。

「そう、これは誰でも簡単に釘が打てる『魔道具《まどうぐ》』。その名も『ネイルガン』です!!　これがあれば一瞬にして釘を奥深くまで打ち込むことが可能です!!」

「「「おぉぉ～っ!!」」」

ドワーフたちから歓声が上がった。

その後もバチン、バチン、バチンと、ディミトリは板に釘を打ち込んでいく。

「なーるほど。槌《つち》で打つより早えな」

「どういう仕組みなんだ？」

「便利なもんだぜ!!」

「ありゃ楽でいい」

意外にもドワーフたちには好評だった。

もっと邪険《じゃけん》に扱うと思ったが、好奇心が強いらしい。

手応えを感じたような表情になったディミトリは、もう一つの商品へ。

「ネイルガンの素晴らしさを理解していただけて何より。お次の商品はこちらでございます!!」

次に出したのは、両手持ちの歪《いびつ》な剣……

刃の部分がギザギザして、とても使いにくそうだ。

「エルダードワーフの皆様が建築した建物は実に素晴らしい!!　ですが……必要な木材の切り出し

は大変ではありませんか？」

建築の木材は、建築班が斧《おの》で切り出している。重労働には違いないだろう。

「そんな時はこれ!! この『チェーンソー』なら、斧を使わずとも楽〜に伐採《ばっさい》作業ができちゃうんです!!」

ディミトリの持つ『チェーンソー』が、ビュィィィイン!! と、轟音《ごうおん》を撒《ま》き散らす。

あれは刃が高速でループしてる音だ。

そして、チェーンソーを板に当てると、板はスッパリと切れてしまった。すげぇよマジで!!

「これで伐採も楽ちん!! 無駄な力を使わず作業効率アップ間違いなし!!」

「「「おぉぉ〜っ!!」」」

またまたドワーフから歓声が。

どうやらディミトリの商品は、ドワーフたちの心を掴んだようだ。

ディミトリが見せてくれたのはドワーフ向けの物だけじゃない。女の子が喜ぶような小物とか、子供用の遊具とか、どれも不思議なカラクリで動く物ばかりだ。

住民からの反応も上々みたいだし、デモンストレーションは功《こう》を奏《そう》したと言っていいだろう。

こうしてディミトリの商品説明は、大成功で終わった。

◇◇◇◇◇◇

「いやぁ、いい宣伝になりました。アシュト様」

「確かに……みんな食いついていたな」

デモンストレーションが終わり、ディミトリの店で一服。

店内には様々な道具が陳列されている。ネイルガンやチェーンソーも置いてあった。

これらは、村の物と交換できる。村全体で必要な物は収穫物と交換するが、個人的に欲しい物があれば、自分で作った物を査定してもらい、商品と交換してもらう仕組みだ。仕事の合間に作製した物などは、俺に納《おさ》めなくてもいいと伝えてある。

「開店祝いに、セントウ酒十本を贈るよ」

「おお!!　さすがはアシュト様ですな。ありがたく頂戴します!!」

「ああ。改めて……これからよろしくお願いします」

ディミトリが村に来たことで、面倒なことが増えるのだが……それは少し先の話だ。

第十二章　エルミナと一緒（不本意）

「ねぇアシュトぉ～」

「……」

「ア・シュ・ト♪」

「……」

「アシュトぉ～アシュトアシュトぉ～」

「あぁうるさい!!」

現在、村を散歩中。

ふらっと近付いてきたエルミナが俺の腕を取り、甘えるように身体を寄せてくる。

普段ならドキドキするが、今はこいつの魂胆《こんたん》を知ってるので冷静に対処する。

俺はエルミナを引き剥《は》がし、ジト目で言う。

「で、またお願いか？」

「うん♪　お酒ちょーだい♪」

「だめ」

「ねぇいいでしょ～？　私とあんたの付き合いじゃない♪」

「ダメ」

「お、お願いよぉ。これまでいろいろ手を貸してあげたでしょ？　セントウ酒一本でいいからさぁ♪」

「駄目」

「じゃあ～、セントウ酒一本くれるならぁ～、ちょっとくらいエッチなことしてもぉ～♪」

「ＤＡＭＥ」

「……」

「……」

俺は色香《いろか》に惑わされることなくエルミナをジッと見る。

するとエルミナの口角がピクピク動き、ついにキレた。

「もーっ!!　少しくらい恵んでくれてもいいじゃなーいっ!!」

「ダメだっての!!　支給日に渡した酒を一日で飲み干すお前が悪い!!　酒好きなエルダードワーフもハイエルフたちもみんな計画的に飲んでるだろうが!!　なんでお前だけ一日でなくなるんだよ!?」

「だってセントウ酒もワインもウイスキーも美味しいもん!!　いっぱい飲みたくなるんだもん!!」

「次の支給日まで十八日あるから、それまで待て」

「まーてーなーいーっ!!　あと聞いてよ、他のハイエルフたちは『ディミトリの館』で美味しそうな『チコレート』を交換してたのよ!?　私もチコレート食べたいのに誰も恵んでくれないしーっ!!」

「チコレートかぁ……確かにあれは美味いな」

「私だけ食べてないーっ!!」

チコレートは、魔界都市ベルゼブブで栽培されてる『キャキャオの実』から作られる甘味だ。

板状のチコレートをそのまま食べても美味いし、溶かしてクッキーに混ぜたり、クリームに混ぜてチコレートケーキにしても美味い。『ディミトリの館』にある商品の中でも特に人気のお菓子だ。

ディミトリの館の商品は物々交換で手に入れるので、支給した酒で交換するのもいいし、自分たちで作った物を持ち込んで、支店長のリザベルに査定してもらって交換してもいい。

エルダードワーフたちは金属を加工して置物を作ったり、ハイエルフたちは木彫りのお守りを作ったりして査定することが多いようだ。

他にも魔犬族たちは布製品の小物、銀猫族は編み紐《ひも》、デーモンオーガとサラマンダー族は仕留めた獲物の骨、ブラックモール族は仕事以外で採取した鉱石などなど……査定する品の種類は問わない。

リザベル曰《いわ》く、この村で作られた物はどれもかなりの値段になるとか……

「お前も何か作って査定してもらえよ」

「……私、不器用だし」

「お前なぁ……ん？　あれはミュアちゃんたちか」

前から、ミュアちゃんとライラちゃん、マンドレイクとアルラウネが来た。しかも手には可愛らしい袋を持ってる。

俺とエルミナに気付くと、チビッ子たちは嬉しそうに駆け寄ってきた。

「ご主人さまー、にゃう!!」

「おにーちゃん、わぉん!!」

「まんどれーいく」

「あるらうねー」

「ごきげんだね。いいことでもあったのかい？」

「うにゃ!!　あのねあのね、チコレートをこうかんしてもらったのー」

「はぁぁぁーーーっ!?」

エルミナが叫んだ。

子供たちは不思議そうに首を傾げる。

「どどど、どうやって交換したの？　な、何を持っていったのかしら？」

「わうん。あのね、みんなで森の木の実を集めたの。ハイピクシーたちも手伝ってくれて、いっぱい木の実拾ったの。それを持っていったら、たくさんチコレートもらったの。わん!!」

「へぇ、頑張ったんだな。エルミナにも見習ってほしいね」

「まんどれーいく」

「あるらうねー」

俺はみんなの頭をナデナデする。ほんとに可愛らしいね。

「うにゃあ。あのね、これからハイピクシーたちやムカデさんのセンティといっしょに、ひつじさんのところでおやつにするの!!」

「わぅん。ひつじさんの背中でおひるねするー」

「そっか。じゃあセンティやキングシープにもチコレートあげるのか？」

「うん!!　じゃあねご主人さまー」

「またねー」

「まんどれーいく」

「あるらうねー」

「あ、あぁぁ……っ」

ミュアちゃんたちが走っていく。なぜかエルミナが手を伸ばして引き止めようとしてた。

そして、俺をキッと睨《にら》む。

「なんでムカデやヒツジがチコレートを食べられて、私は食べられないのよ!!」

「知るか!!　あーもう、俺は行くぞ。じゃあな」

「ダメよ」

「……なんでだよ？」

「これから私と森に行くわよ。あの子たち言ってたわよね？　森の木の実を集めて交換したって。

それなら、私にもできるはず!!」

「ああそう、一人で頑張れ……って引っ張るなよ!?」

「ほら、ちゃっちゃと歩きなさい!!」

ったく、なんで俺がこんな目に!!

◇◇◇◇◇

ハイエルフの里へ続く森の道は、仕事を手伝ってくれてるムカデの魔獣、センティが通る道でもあるし、ある程度整備した。

『樹木移動《ツリームーヴ》』で木々を退《ど》けてやるだけで、それらしい道になる。

それなのに……現在、俺とエルミナは、まったく整備されてない森の中を進んでいた。

理由は簡単。エルミナのやつが「誰も入ったことがない道なら、面白い発見があるに決まってるでしょ!!」とか、わけのわからんことを言ったからだ。

藪を掻き分けながら進む。

「おいエルミナ、こんなところに面白い物があると思うか?」

「……うーん」

「この辺りは日当たりも悪いし、木々の背も高い。果実や木の実が生るような木はないと思うぞ」

「探せばあるわよ!! ほらさっさと探す!! あんたにも分け前はあげるからさ!!」

「……はぁ」

エルミナと一緒に森を徘徊《はいかい》しながら、珍しそうな木の実を探す。

一応ちゃんと周囲を見回しながら歩いているが、それらしきモノは見当たらない。

森の民と呼ばれ、森に関する知識で右に出る者はいないと言われるハイエルフですら、何も見つけられないのだ。俺が見つけられるわけがない。

「なぁ、もう諦めて帰ろう」

「い・や。私だってチコレート食べたい」

「……」

熱心に地面を探すエルミナ。すると……

「みっけ‼　アシュトアシュト、見て見て‼」

「ん？　……どれ」

エルミナの手には、赤黒い実があった。

「これ、クロザクロの実よ。ハイエルフの里でもあまり見ない実なの‼」

「おお、じゃあ大当たりか」

「うん‼」

笑顔で頷いた次の瞬間、エルミナの真上から透明な塊《かたまり》が落ちてきた。

『ぼごっ⁉　んがぼぼ、ばびぼぼべ⁉』

ちょっ⁉　まってよ、なによこれ⁉

たぶん、そう言ってる。

エルミナの全身は、透き通るような白い何かに包まれていた。

「な、なんだこれ⁉　おいエルミナ‼」

『ごっぼ、んがぼぼぼっ⁉』

息ができないのか、口と喉を押さえて水の中でもがいてる。問題はそれだけじゃなかった。

「ふ、服が……溶けてる？」

エルミナの着衣が、ジュワジュワと溶けていた。

って、こんなのんびり観察してる場合じゃない‼

俺は杖を構え、目の前の『何か』を調べるために『緑龍の知識書《ムルシエラゴ・グリモワール》』を開く。

＊＊

○服食《ファイバーイート》スライム

ある意味エッチな特殊スライム♪

この子は絹《きぬ》や木綿《もめん》が大好きなスライムなの。

女の子が呑《の》まれたらさぁ大変!! 服が溶けてエッチッチよ♪

呑まれたら息ができなくってアブないから早めに助けるコト、いいわね!!

あ、弱点は炎よ♪

ちなみに『核』はとっても貴重だからとっておいた方がいいかも!!

＊＊

緊張感の欠片もない説明文だな……って、ファイバーイートスライムなんて、初めて聞いた。

弱点は炎か……俺の使える魔法は植物属性に偏《かたよ》りすぎてる。あとは一般的な生活魔法で、攻撃魔法はほとんど使えない。

ならここは、『緑龍の知識書《ムルシエラゴ・グリモワール》』の力で!!

「頼む頼む!! コイツを吹っ飛ばせる最強魔法を!!」

俺は本をめくる。

＊＊

○終焉の大樹《アインソフオウル・アインソフアイン》セフィロト

これ、使ったら世界が終わっちゃうよ‼

この世界に存在する全ての命を吸う樹を生み出しちゃうの‼

使ったら最後、術者と私以外はみんな死んじゃうから気を付けてね♪

使ったら……私とアシュトくんがアダムとイヴ♪

＊＊

「怖いわ!!　ってかなんで説明文に俺の名前!?　アダムとイヴって誰だよ!?」

本にツッコむ俺。

この本、シエラ様が見てるんじゃないだろうな!?

『ご、ぼ……』

「エルミナっ!?　って素っ裸ぁぁぁぁっ!?」

全裸のエルミナっ!?　スライムの中でプカプカ浮いていた。

お、おお……エルミナが、エルミナってあんな感じなのか………なんて考えてる場合じゃない!!

「えーとえーと、そうだ!!　エルミナを救出して尚且《なおか》つコイツを倒せる魔法!!」

もう一度、本のページをめくる。

****

○吸収の根《ごくごくルーター》

なんでも吸っちゃう樹の根っこ♪

ロックしたターゲットに根っこをブスッ!!

あとはひたすらチューチューしまーす♪

****

緊張感のない説明だがえげつねぇ……よし、こいつでスライムを吸ってやる!!

「吸って吸って吸い尽くせ、お前に吸えぬモノはない!!　『吸収の根《ごくごくルーター》』!!」

なんだよこの詠唱文……と思いながら、エルミナを呑み込んだスライムに向けて魔法を放つ。

すると、スライムの真下から何本もの根っこが現れて突き刺さり、スライムの体が一気に縮んだ。

そして、スライムを吸い尽くし、素っ裸のエルミナとスライムの『核』だけが残され、根っこは地面に帰っていったのだった。

俺は慌ててエルミナを抱き起こす。

「エルミナ、おいエルミナ!!」

「…………」

「くそ、息が……」

「よし、こうなったら息を吹き込もうっ♪」

「それしかないのか……ってシエラ様ぁっ!?」

いつの間にか隣に立ってる!!

「ほらほら、鼻を摘《つ》まんで、顎《あご》をクイッと上げて、早く早く」

「え、あの」

「はーやーくっ!!」

「は、はい」

いきなり現れたシエラ様の言う通り、エルミナの鼻を摘まむ。

「はい、息を吹き込んで」

「……いくぞ、エルミナ」

俺はエルミナの口に息を吹き込んだ。

「はい、つぎはおっぱいね」

「は?」

「おっぱいマッサージ……もとい、心臓マッサージだよ、早く!!」

「は、はい」

エルミナの胸……う、やばい。

大きさはシェリー以上ミュディ以下、肌は雪のように真っ白……く、こんなこと考えてる場合じゃないのに!!

俺はエルミナの心臓をマッサージする。

思い切り、心臓が動くように、力を込めて……

「エルミナ、エルミナ!!」

「……っ」

「起きろ、エルミナ!!」

「っっ……っがほっ!?　げほっ!?」

エルミナが起きた。

スライムらしきカタマリを口から吐き出し、ゲホゲホとむせる。

シエラ様がしゃがみ、ボウッと光る手でエルミナを撫でると、ニッコリと微笑んだ。

どうやら、エルミナの体調をチェックしてくれたようだ。

「うん、もう大丈夫。エルミナちゃんは助かったよ」

「………はぁ、よかったぁ」

「はぁ、はぁ……あ、あしゅと？」

「エルミナ、大丈夫か？」

「ん……」

エルミナの呼吸にあわせて胸が上下する。

「はぁ、死ぬかと思ったわ……ったく、なによあのスライ……え」

「………」

エルミナが自分の状態に気付き、同時に俺は目を逸らす。

エルミナはワナワナと震え、赤くなり、俺を見て……叫んだ。

「いぃいぃいぃやぁぁぁぁぁぁーーーっ!!」

シエラ様は…………やっぱり消えていた。

◇◇◇◇◇◇

頬に一発と、ローブの強奪《ごうだつ》で許してくれました。

「見られた……アシュトに見られた」

「悪かったよ。でも、お前だって死ぬとこだったんだからな」

「うー……わかったわよ」

俺はスライムの核を拾い、エルミナに渡す。

「さっきの騒ぎでクロザクロの実は潰れちゃったけど、この核、貴重な物らしいぞ。こいつを持って帰って査定すれば、チコレートをいっぱいもらえるんじゃないか？」

「え、ほんと!?　やったぁ!!」

いきなり元気になっちゃった。こいつもほんとに単純明快だよな。

エルミナは、スライムの核をローブに付いてるフードの中へ入れる。大きさがピッタリなので、核はスッポリおさまった。

「じゃ、帰るか」

「うん!!　っつ……」

「エルミナ？　……あ」

そっか、今のエルミナは素足だ。こんな森の中を裸足《はだし》で歩くのは自殺行為である。

ま、これくらいならいいだろう。

「……ほら、乗れよ」

「え……」

「おぶってやる」

「あ……う、うん」

エルミナは、おずおずと俺の背中へ。

俺の背に触れる柔らかい感触は……気にしたらダメだ。

「ちょっと、何考えてるのよ」

「い、いや……」

「……まぁ、アシュトなら」

「え？」

「な、なんでもないわよ!!」

エルミナはとても軽い。

スライムの核も大した重さではなかった。

これなら、問題なく村まで戻れるだろう。

「じゃ、帰るか」

「うん」

村まではそんなに遠くない。さっさと帰ろう。

「………ありがと、アシュト」

ボソッと、エルミナが何かを呟いた。

◇◇◇◇◇

村に到着し、ひとまずエルミナを家まで送った。

それから着替えてきたエルミナと一緒に、『悪魔商店ディミトリの館』に向かう。

支店は外壁が黒く塗られ、やけに悪魔的な看板が設置されている。設計図通りに作ったからこれで問題ないのだが……ディミトリのセンスはどうなってるんだ。

ともかく、エルミナと一緒に店内へ。

すると、支店長のリザベルが応対してくれた。

「いらっしゃいませ……ああ、アシュト村長、エルミナ様」

「こんにちは、リザベル」

「こんにちはリザベル!!　査定をお願いするわ!!」

さっきまで死にかけてたとは思えない元気っぷりだ。

黒髪に黒目、黒縁メガネに黒いローブを着たリザベルは、エルミナが差し出したスライムの核を受け取る。そして、メガネをクイッと上げて核をじっくり観察した。

「なるほど。ふむ……これは珍しい。ファイバーイートスライムの核ですか」

「見てわかるのか？」

「ええ。このメガネには『鑑定』の魔法が付与されています」

「えぇ!? ま、魔法付与って……そんなの、国宝級のお宝じゃないか!!」

「ベルゼブブでは割とポピュラーですよ？　人間ごときの技術力では、そういった反応になるのも無理からぬことですが」

「そ、そうですか……」

最近気付いたことだが、リザベルは毒舌だった。

「さて……査定終了です」

「じゃあチコレートと交換して!!」

「ちょ、最後まで聞けよ……」

とりあえず、リザベルの評価を聞く。

「まず、チコレートと交換した場合、二百枚分の価値はありますね」

「にひゃくっ!? や、やったぁぁぁぁっ!!」

「はい。それともう一つ、エルミナ様はお酒好きということですので、当店最高級酒の一本である『ブラックブラッド』との交換も可能です。いかがなさいますか？」

「え……ま、まじ？」

「まじです」

『ブラックブラッド』……ディミトリの館で扱ってる最高級酒の一本。液体が真っ黒な色で、製造方法は超秘密。ベルゼブブでも手に入れるのが難しい酒といわれている。

まさか、スライムの核がそんなに価値が高いとは。

「……」

「エルミナ？」

「………うん、チコレートでいいわ」

「えぇっ!?　ちょ、エルミナ、いいのかよ!?」

「……本当によろしいのですか？」

「うん。はやくはやく」

「はい、少々お待ちください」

リザベルは、チコレート二百枚の入った箱をエルミナに渡す。

さっそく箱を開け、板状のチコレートを一枚掴むエルミナ。

「おいエルミナ、ブラックブラッドはいいのかよ？」

「ん……まぁね。あむっ」

エルミナはそう言って、チコレートをパキッと齧る。そして、手に持っていたチコレートの残りの欠片を俺の口に突っ込んだ。

「……むぐっ？」

甘いチコレートの味が口の中に広がる。

「ねぇアシュト。一緒にチコレート食べよ♪」

エルミナの笑顔は、チコレートよりも甘く、とろけるように輝いていた。

第十三章　銀猫族オードリーの一日

みなさんこんにちは。私はオードリー。銀猫族の一人であり、アシュト様に忠誠を誓った使用人でございます。

本日は、私たち銀猫族の一日をご紹介しようと思います。

銀猫族は、一つの宿舎で共同生活をしております。

リーダーであるシルメリアや、最年少のミュアはご主人様と同じ屋根の下で生活をしていますが……くっ、うらやましい。

おっと、そんなことよりお仕事、お仕事!!

「今日の仕事場は……ドルガ様のお宅ですね」

まず、起床して身だしなみを整え、リビングの壁に掛けてある『出勤宅』のチェックをします。

この出勤宅とは、村で生活をしている住人の方々の家を指し、該当の家に出勤して食事のご用意や家事を行うことになっているのです。

もちろん、全ての種族がそうではありません。

エルダードワーフの方は全員出勤宅のリストに入っていますが、デーモンオーガの方や魔犬族、サラマンダー族の一部の方は自活しています。

出勤宅の当番に当てはまらない銀猫は、農園の手伝いや、浴場などの施設の掃除に向かうのです。

今日の私の出勤宅は、エルダードワーフのドルガ様。

さっそく出勤しましょうか。

◇◇◇◇◇◇

「おはようございます。失礼します」

ドアを軽くノックし、家のドアを開けます。

当然ですが返事はありません。エルダードワーフの方は朝が苦手で、なかなか目を覚まさないのです。私たちが起こさないとずっと寝ているでしょう。

なので、まずは朝食の支度を済ませましょうか。

台所に立ち、冷蔵庫を開けます。冷蔵庫の中は、前日担当の銀猫が補充していますので問題ありません。もちろん、食事が終わったら私も補充しますよ。

エルダードワーフの方はたくさん食べますので、朝から肉を焼くことが多いです。

フライパンに油を引き、大きめに切ったステーキ肉を載せて火にかけます。同時に野菜をカットしてスープを作り、さらにパンを焼いていきます。

朝食と同時に、お弁当も作ります。

エルダードワーフの方は、作業場で昼食をとりますので、お弁当は欠かせません。

食事は、ドルガ様と、同居のエルダードワーフ二名、そして私の計四人分。完成したら皆様を起こします。

エルダードワーフの方を起こす時、銀猫族はやや独特なやり方で起こします。

二階の寝室に向かい、手に持ったフライパンをお玉でガンガン叩くのです。

「皆様、朝食の時間です。起きてください!!」

「「「うぉぉっ!?」」」

ガンガンガンガン!! と、いい音が響きます。

ドルガ様たちは一部屋に集まっており、酒の空き瓶がいくつか転がっていました。どうやら皆様で晩酌をして、そのまま寝てしまったようですね。

「お、おい……それやめろって言ってるだろ……」

「さ、朝食です。冷めてしまいますよ?」

フラフラとしながら言うドルガ様に笑顔で応《こた》えると、なぜかうなだれてしまいました。

皆様がお着替えしてる間、パンを取り分けスープをよそいます。

やがて、仕事着に着替えた皆様が下りてまいりました。

「ふぁ……よぉく寝たぜ」

「ああ、酒が切れちまった。支給日まであと何日だ？」

「十日だ。仕方ねぇ、それまで浴場のエールで乾杯しようや」

「さぁ皆様、どうぞめしあがれ」

「おう、サンキュー」

私の立場はアシュト様の使用人です。アシュト様以外の住人の方に忠誠を誓っているわけではないので、この方たちと食事をともにすることに問題はありません。むしろ、一人ではないのでとても楽しいです。改めて、このような仕事場所を提供してくれたご主人様には感謝せねばなりません。

食事が終わるとドルガ様たちは仕事に出かけます。

私は食器を洗い、部屋の掃除、洗濯、冷蔵庫の補充を済ませました。

これだけでお昼前になってしまいます。

ここから夕食の支度までは、自由時間。ほかの銀猫と合流してティータイムを楽しむのもよし、編み物をするのもよし、酒蔵に保管されている本を読むのもよし……くつろぎ方は山ほどあります。

私の場合、読書にハマっています。

アシュト様が造らせている図書館が完成すれば、きっと入り浸《びた》るに違いありません。

銀猫の宿舎で軽く昼食をとり、本がある酒蔵へ。

「あれ、オードリーか」

「ご、ご主人様!?」

酒蔵には、ご主人様がいらっしゃいました。酒蔵に置いてある本を数冊、抱えています。

「オードリーも読書？」

「は、はい」

ああ、私の名前を呼んでくださいました……

ご主人様は、銀猫族全員の名前と顔をしっかり覚えていらっしゃいます。これがどれほど嬉しいことなのか……ああ。

「オードリー？」

「ふにゃっ!?」

ごご、ご主人様がいつの間にかこんなに近くに……!!

嬉しくてボンヤリしていました。いけないいけない。

「オードリーは何を探してるんだ？」

「え、ええと……『森人《もりびと》の恋歌《れんか》～ああ、エルフよ永遠なれ～』の八巻を」

「へぇ、恋愛物か。俺はあまり読まないけど、面白いか？」

「はい!!　病弱なエルフの少女と狩人《かりうど》の青年エルフが織《お》りなす愛の物語!!　ご主人様もぜひ……はっ!!」

し、しまった。また我を忘れるという醜態《しゅうたい》を晒《さら》してしまいました……

しかし、ご主人様はそんなことを気にせず笑いかけてくださいます。

「あはは、俺とはジャンルは違うけど、オードリーも読書好きなんだな。図書館ができたら、一緒に本を読もう」

「は……はいっ!!」

ああ、ご主人様……その優しい笑顔だけで、オードリーは幸せです。

幸せな気持ちのまま夕方……

エルダードワーフの方々が仕事から帰ってくる前に、夕飯の支度を済ませます。

エルダードワーフの方は、夕食を食べてからお風呂、そして晩酌を始めます。ですから、帰るとすぐに食事となります。

「あーくたびれたぜ。メシだメシ!!」

「おうオードリー、帰ったぜ」

「くぅ〜、やっぱ銀猫族の作るメシはいい匂いだぜ!!」

「おかえりなさいませ。準備はできていますよ」

夕飯を終えると、エルダードワーフの方は浴場へ。

食器を片付け、冷蔵庫を補充し、今日のお仕事は終わりです。

宿舎に戻り、ほかの銀猫たちと合流して、私たちもお風呂へ行く準備をします。

お風呂はかなり広く設計されています。

現在の住人だけでなく、これから増えるであろう住人のためでもあるとか。

数人の銀猫と一緒に浴場へ向かい、ご主人様専用の『村長湯』を眺めます。

「「「「………………」」」」

どうやら、考えていることはみんな同じです。

ご主人様の背中を流してあげたい、ご奉仕したいという気持ち。私だけでなく、すべての銀猫が思っていることです。

ですがご主人様は、そういった類《たぐい》のご奉仕は禁ずると言いました。

私たちは、ご主人様に忠誠を誓った日から、全てを捧げる覚悟はできています。ですが、シルメリアですらご奉仕はしていないそうで……

「にゃんにゃんにゃにゃにゃ～ん♪」

「ミュアちゃん、楽しそうだね」

「にゃうん♪」

「わうん、ミュアごきげん」

「まんどれーいく」

「あるらうねー」

すると、ご主人様と手をつないだミュアが向こうから歩いてきました!!

ライラやマンドレイク、アルラウネも一緒です。

「あれ、オードリーたちじゃないか。これから風呂か？」

「は、はい。ご主人様もですか？」

「ああ。ミュアちゃんたちが一緒に入りたいって言うからさ。今日は一緒なんだ」

「にゃう♪　ご主人さまのお背中ながすの!!」

「「「「えっ!!」」」」

銀猫全員が驚愕《きょうがく》しました。

まさか、ミュアが……銀猫が望んでやまない、ご主人様のお背中流しポジションを!?

「あはは、じゃあまた。ゆっくり浸かってくれよ」

「にゃうーん♪」

ご主人様はヒラヒラと手を振り村長湯へ行きました……ミュアたちを連れて。

私たちは、トボトボと女湯へ向かいました……なんでしょう、この敗北感。

◇◇◇◇◇◇

お風呂を終えると、あとは寝るだけ。

銀猫族は夜に強い種族ですが、明日の朝も早いので、さっさと寝ます。

これが、私たちの日常。

家事をして、本を読んで、お風呂に入って……とても楽しく、充実しています。

こんな生活ができるのも、全てご主人様のおかげ。

ご主人様はハイヒューマンという種族に進化したので、末永く仕《つか》えることができるでしょう。

長く仕えれば、いつかはご奉仕のチャンスも……

「……では、おやすみなさい」

また明日、ご主人様とお話しできるといいな……

第十四章　ディミトリのお願い

「アシュト様、一つお願いがあるのです」

「お願い？」

ある日、『ディミトリの館』の商品を眺めていると、困ったような顔をしたディミトリが奥の部屋から出てきて、俺に向かって頭を下げた。

ディミトリは、五日に一度くらいの間隔で、村にやってくる。

他にも回らなくちゃいけない支店があるそうなのだが、リザベルによると、最も稼げるここには頻繁《ひんぱん》に来るようにしてるらしい。

「ええ。立ち話もなんですし、奥へ行きましょう」

「ああ、ありがとう」

「リザベル、何か飲み物を」

「はい、代表」

ディミトリの案内で店の奥に行くと、リザベルは、真っ黒な液体をカップに入れて出してきた。

「な、なんだこれ……」

「これは『カーフィー』という飲み物です。ベルゼブブでよく飲まれている物ですよ」

「か、カーフィー？」

「ええ。人間は紅茶を好むようですが、ベルゼブブではこのカーフィーが一般的です」

「へぇ……じゃ、いただきます」

独特な香りだ。酸《す》っぱいというかなんというか……

ま、とりあえず一口。

「……っっぶっふっ⁉　っげほっ、っげひ⁉　にっっがぁぁっ⁉」

「オホホ、お口に合わないようで」

「な、なにごれ……おいディミトリ、騙したのか⁉」

「いえいえ、これはこういう飲み物なのです。この苦み、慣れれば病みつきになりますぞ？」

「……」

ディミトリは、カーフィーをゴクゴク飲んでる。

すると、リザベルが白く四角い塊と、小さなポットをこちらに差し出した。

「ミルクと、固めた砂糖です。これを入れると美味しくなりますよ」

「え……」

「ホッホッホ、騙されたと思って試してみては？」

「……じゃあ、いただくけど」

俺は四角い砂糖をいくつか入れ、小さなポットに入ってるミルクを注ぐ。すると真っ黒だったカーフィーは、薄い茶色に変わった。

恐る恐る、カーフィーを口に入れる。

「…………まぁ、これなら」

まだ少し苦いが、ミルクと砂糖のおかげでまろやかになり、甘くなった。

というか……けっこう美味いかも。

「このカーフィーには眠気を抑える作用がありましてな。甘いお菓子を食べたあとの口直しだけでなく、読書中の眠気覚ましにも最適なのですよ」

「へぇ……」

「商品として扱いますので、よろしければ」

「あ、ああ……まぁ飲んでビックリだろうけどな」

「ホッホッホ」

ディミトリは、楽しそうに笑った。

しばし、カーフィーを楽しむ。

飲み終えて空になったカップを置くと、ディミトリは本題に入った。

「実はアシュト様。折り入ってお願いが……」

「なに？」

「ええ、リザベル以外にうちの者を数名、従業員としてこの村に置いていただけないでしょうか」

「え、それがお願い？」

「え？　ええ、いかがですかな」

正直、もっと厄介なことかと思った。

肩透かしをくらった感がすごい……まぁ、それくらいならいいか。

「アシュト様は、大量の書物を所有しておられるとお聞きしまして……」

「ああ、確かに。いまのところ二万冊くらいかなぁ……」

「に、二万でございますか……そ、想像の遥か上を行きますね」

「うん。まだまだ増えると思う。ハイエルフの里から送られてくるからな」

「おぉ……」

ヂーグベッグさんの本は、交易の度に必ず送られてくる。

なんでも、最近また新作を書き始めたとか……これからも本が増えるのは間違いない。

「実は、うちの者が四人ほど、アシュト様の蔵書を閲覧《えつらん》したいと申しておりまして……そこで、新しく図書館が完成したあかつきには、司書として雇っていただけないでしょうか。もちろん、アシュト様に絶対服従させますので」

「いやいや、そんな大仰なことはしなくていいって。というか、こちらこそ助かるよ」

司書か……確かに、図書館の管理をする人は必要だ。最初は銀猫族に任せようと考えていた。

「ディミトリの従業員ってことは……」

「もちろんディアボロス族でございます。司書としての能力なら問題ありません。このワタクシが保証しましょう」

「……わかった。住まいの手配をしておこう。希望があったら言ってくれ」

「ありがとうございます。では……」

こうして、村に新しい住人が増える。

◇◇◇◇◇

数日後、一足先にディアボロス族の司書がやってきた。

ディミトリの店の前に、四人の少女が並ぶ。

「アグラットです」

「マハラトです」

「エイシェトです」

「ゼヌニムです」

「……ええと」

とりあえず、ディアボロス族の少女達ってのだけはわかった。

四人は同時に頭を下げる。

「「「「よろしくお願いします。アシュト村長」」」」

「…………」

言葉に詰まった。

なぜなら……彼女たちは、見分けの付かないくらい見事な『四つ子』だったからである。

黒い髪と瞳《ひとみ》、まったく同じ服装。これを識別するのは至難の業《わざ》だ。

俺はディミトリを見た。

「ホッホ。初見では見分けることはできないでしょうな。ですがご安心を、区別する方法はちゃーんとございます」

「え、そうなのか？」

「はい。まずアグラットは『恋愛小説』好き、マハラトは『伝記』、エイシェトは『ファンタジー』、ゼヌニムは『図鑑』を愛読しています。読む本の種類で、誰が誰だかわかるでしょう」

「そーいうんじゃなくて、見た目でわかる見分け方を教えろよ」

「見た目ですか……ふむ、ワタクシには一目瞭然《いちもくりょうぜん》なのですが」

「俺はわからん!!」

大声でツッコむ。

ディミトリはホッホッホと笑い、こう提案してくる。

「では、名札を付けましょう。これならわかるはず」

「そうしてくれ……」

「リザベル、よろしく頼むよ」

「はい代表」

こうして、図書館専属の司書が村に来た。

ディアボロス族の四つ子。なんかクセがありそうな気がする。

ディミトリは、俺に向かって一礼した。

「アシュト様。娘たちをよろしくお願いします」

「ああ、わかった」

「では、失礼します」

ディミトリは、指パッチンをすると消えた。

「………………ん？　娘たち？」

第十五章　図書館、完成

それから数日後、ついに図書館が完成した。

間違いなく、現時点の村で最も大きく高い建物だろう。

円柱型で、数えるのもアホらしいくらいの煉瓦を積み上げて作った巨大な『塔』だ。図書館というか要塞《ようさい》にも見える。

内装は、俺とアウグストさんで考えて設計した。

まず蔵書を収める本棚。円柱の壁のほとんどが本棚となっている。

円柱内は全十層の階層に分かれ、一つの階層に十万冊、合計百万冊の本を収納できる計算だ。

というか収納可能数があり得ない。ビッグバロッグ王国の王立図書館ですら、いいとこ三万冊の蔵書だぞ。

続いて、階層ごとに、読書スペースを設けた。

ラードバンさんと魔犬族の少女たちに協力してもらい、長時間座っても疲れない椅子とソファ、オシャレな二人用円卓を作り、設置する。

階層の移動は全て階段だ。

塔の中心に螺旋《らせん》階段が設置され、図書館の屋上は野外読書スペースになっている。しかもなかなかにいい景色を拝《おが》めるのも特徴だ。

そして、俺の発案で設置したのが、飲料所である。

一階、四階、八階に飲料所を設置。喉が渇いた時に飲み物を取りに行ける。

ちなみに、ここでは飲酒は禁止。果実系のジュースや紅茶、ディミトリからもらったカーフィーを置く。各飲料所には銀猫族を常駐させ、飲み物を作ってもらうようにした。もちろん作った飲み物は自分で取りに行き、飲み終わったら自分で片付ける。

現在の蔵書は約二万冊。

これは俺と有志の銀猫族、そしてディアボロス族の四つ子で移動させようと思っていたが……

「アシュト村長、ここは我らにお任せを」

「「「お任せを」」」

と、分裂したようにそっくりな四つ子の司書が頭を下げた。どうやら、図書館の管理を任された以上、キッチリと仕事をするらしい。

銀猫族も忙しいし、蔵書の収納は全て四つ子に任せることに。

そして十日後……ついに、全ての蔵書が図書館に収められた。

◇◇◇◇◇

「いやぁ～……感無量ですな」

「はい。俺も嬉しいです」

完成した図書館に、ハイエルフの長であるギーグベッグさんを招待した。なお、移動にはセンティを使ったのですぐに到着した。

今夜は図書館完成の記念パーティーを行う予定である。

銀猫族に大量の料理を作ってもらい、お酒もたっぷり出す。村の全種族を大宴会場に集めて大々的にやるつもりだ。

その時に、新しく悪魔司書四姉妹が村に加わることも知らせておく。すでに四人は村に馴染んでいるが、この機会に改めて紹介しよう。

もちろん、パーティーにはギーグベッグさんも呼んである。

「ささ、ギーグベッグさん。中を案内しますよ」

「おお、かたじけないアシュト殿」

さっそく図書館内へ。

すると、瓜二《うりふた》つというか、瓜四つの悪魔司書四姉妹が迎えてくれた。

「「「「いらっしゃいませ。アシュト村長、ヂーグベッグ様」」」」

「お疲れ様。さっそくだけど、図書館内を案内してくれ」

「「「「かしこまりました」」」」

うーん。一糸《いっし》乱れぬというのはこのことか。ヂーグベッグさんも驚いてる。

館内はやはり広く、本が収められるとより図書館っぽい。

これ全部、ヂーグベッグさんが書いたんだよな。

「……ふむ。よく並べられている」

「ええ、確かに。そうだヂーグベッグさん、これからも本を送ってくださるのなら、どのようなジャンルの本があるか教えていただければ……」

「おお、もちろんですとも。ふふ、ハイエルフの里では誰も興味がなかったワシの書物が、こうして立派に並ぶとは……くぅぅ、生きててよかった!!」

ヂーグベッグさん、感涙《かんるい》してるよ。

「アシュト殿。これからは定期的に通わせてもらいますぞ!!」

「え、ええ。どうぞ」

さすが推定百万歳、すげぇ迫力だ。

◇◇◇◇◇◇

夜。大宴会場には全ての村民が集まった。

酒樽《さかだる》を大量に出し、酒瓶をそこら中に並べ、銀猫族特製の料理も山ほどある。今日のためにバルギルドさんたちが、大量の肉を用意してくれた。

立食パーティー形式だが、ステージ上に来賓席を用意して、俺とシェリーとミュディ、そしてゲストのヂーグベッグさんとディミトリが座る。まるで王様みたいな気分だ。

準備ができたので、俺の挨拶だ。

杖に『拡声』の魔法をかけて持つ。

それっぽく挨拶をして、悪魔司書四姉妹を紹介し、全員にグラスの準備をさせた。

『みんな、グラスは持ったか？　えー、今日は図書館完成の記念ということで、飲んで騒いで歌って楽しんでくれ。それでは、乾杯!!』

「「「「カンパーイっ!!」」」」

宴会が始まった。

エルダードワーフとハイエルフは飲み、デーモンオーガとサラマンダー族とブラックモール族と魔犬族は食べ、銀猫族は給仕、ハイピクシーはおしゃべりをしてる。

会場は、一気に騒がしくなった。

俺はセントウ酒の瓶を掴み、ギーグベッグさんにお酌する。

「ささ、どうぞ」

「おお、かたじけない」

「ディミトリも」

「ありがたく頂戴します」

「お兄ちゃんにはあたしが注いであげる」

「おう、ありがとうシェリー」

「じゃあシェリーちゃんにはわたしが」

「ん、ありがとミュディ」

うーん、注ぎ合戦になってしまった。ちなみに、ミュディのグラスには俺が注いだ。

セントウ酒で乾杯し、グラスを一気に呷る。ポカポカして気持ちよくなってきた。

「いやぁ～、実に温かい村ですなぁ。さすがアシュト様!!」

「ディミトリ殿はよくわかっておられる。我々ハイエルフもアシュト殿には感謝しかない!!　実は以前、大樹ユグドラシルを救ってくれたことがありましてな……」

「ほほう!!　それは興味深いですな!!」

あの、ギーグベッグさんとディミトリ、俺を挟んで俺の話をしないでほしい。

「ねーミュディ、お酒おいしいねー」

「ん～、ポカポカするぅ～♪」

シェリーとミュディ、酒はあんまり得意じゃないのに、パカパカ飲んでるよ。どうもこの宴会の空気に当てられたらしい。

会場を見渡す。

エルミナがセントウ酒を瓶から直接飲んだり、ドワーフたちが歌いだしたり……ハイピクシーたちも負けじと歌っている。サラマンダー族は料理をガツガツ食べ、ブラックモール族はハイエルフに抱っこされて肉を食べていた。

銀猫族は、交代で食事しながら給仕をしている。魔犬族も銀猫族を手伝ったりしてるようだ。

なんというか、平和だった。

村に完成した図書館。これからたくさん利用しよう。

◇◇◇◇◇

図書館は、俺の憩いの場となった。

温室と畑の世話を終え、家に戻って服を着替える。そしてそのまま図書館へ出向き、本を読む。

これが俺の至福の時間となっていた。

もちろん、薬師としての仕事も忘れない。

最近では、マンドレイクとアルラウネの葉を使った薬品で実験をすることが多かった。

超希少なエリクシールの素材だが、何しろ薬草幼女たちが毎日くれるのだ。実験してもなお余る。

本によると、マンドレイクの葉は香辛料に、アルラウネの葉は茹《ゆ》でて食べることもできるらしい。

やっぱり薬草って面白いな。

図書館へ行くのは二日に一度くらい。

悪魔司書四姉妹は、主に本棚を掃除してる。読んでみたいジャンルの本についての相談や、どこにどの本があるのか案内してくれるのでとても助かっている。

図書館は、特に銀猫族たちが多く利用した。

もちろん、エルダードワーフやハイエルフたちの中にも読む人はいる。だけど、やはり銀猫族ほどの読書家はいない。

意外にも、カーフィーは銀猫族に人気だった。ほとんどは砂糖とミルクを混ぜて飲んでいたが、中にはそのまま飲むチャレンジャーもいた。

俺も、カーフィーの苦さに少しずつ慣れてきた。ディミトリの言った通り、この苦さがたまらない。眠気も飛ぶし、読書するには最適かもしれない。

しかし、飲みすぎると夜は眠れない……気を付けよう。

第十六章　ドラゴンロード王国の龍人姉妹

ビッグバロッグに匹敵する大国、ドラゴンロード。人間が集まるビッグバロッグ王国とは対極で、獣人や亜人が多く集まるのがドラゴンロード王国です。

もちろん、ドラゴンロード王国には人間も住んでいますが、亜人や獣人たちの比率がとても多いのです。中でも特に多い種族が……龍人《ドラゴニュート》。そう、ドラゴンです。

この国は、古《いにしえ》からドラゴンによって治められている王国なのでした。

ただ、国を創り運営するには、ドラゴンの巨体は不向き。そのためこの国にいるドラゴンは、人間の姿に変身するようになりました。

ですが……長い間、人間の姿をしていたドラゴンは、いつしか本来の姿を忘れてしまいました。

ですからドラゴニュート族は、ドラゴンの特徴を持った亜人、そう呼ばれるようになったのです。

現在のドラゴニュート族は、ドラゴンの象徴である角を持つ姿が一般的です。

ですが、一部のドラゴニュート族だけ、本来の姿に戻ることができました。

それこそが、ドラゴンロード王国の王族。

神話七龍の血を受け継ぎし、偉大なる存在なのです。

これは、そんなドラゴンロード王国にいる、王族姉妹のお話です。

◇◇◇◇◇◇

ドラゴンロード王城にある、日当たりのいいテラス。

ここで、美しい二人の姉妹がお茶を楽しんでいました。

「姉さま姉さま、お散歩に行きたいわ」

「いいわよクララベル。お外は気持ちいいし、近くの岩場まで行きましょうか」

「はーいっ‼」

白い肌と髪、短い二本の角を持つ、十七歳ほどの少女、クララベル。

美しい金髪で、長い角を持つ、十九歳の少女、ローレライ。

二人は、ドラゴンロード王国の王族にして、現国王の娘。国民からは『奇跡の姉妹』と呼ばれている、あまりにも美しすぎるドラゴニュート族でした。

姉妹はとても仲がよく、喧嘩《けんか》をしたことなどありません。

日々を楽しく過ごし、とても幸せでした。

すると姉妹のもとに、非常に立派な三本の角と尾を持つドラゴニュートが近付いてきました。

二メートルを超える巨体に鍛え抜かれた身体。しかし表情はとても穏やか。彼がこのドラゴンロード王国の国王である『覇王龍《ケーニッヒ・ドラゴン》・ガーランド』です。

「やぁやぁ美しき娘たち、楽しいティータイム中かな?」

「あ、パパ‼　あのね、これから姉さまとお散歩に行くの‼　パパも一緒に行かない?」

「もちろんだ‼」

「ダメですよ、あなた」

おやおや、いつの間にか国王の背後に女性が立っていました。

長いプラチナの髪をなびかせ、短い角と尾を持った美しい女性。彼女はこの国の王妃《おうひ》である

『銀黎龍《アマルガム・ドラゴン》・アルメリア』です。

王妃は、ニコニコしながら国王を見て言いました。

「あなた、お仕事が溜まっているんでしょう？　遊んでるお暇《ひま》はありませんよ？」

「うぐ、し、しかしだな。可愛い娘たちとお散歩に行くのも大事な仕事で……」

「あ・な・た……？」

「さて、仕事に戻るか。娘たちよ、今夜はパパと一緒に遊ぼうねーっ‼」

国王は、王妃に恐れをなして逃げてしまいました。

クララベルとローレライはクスクス笑います。

「あはは、パパってばママには弱いー」

「お父様……ふふ」

「ふふ、普段はもっと凜々《りり》しいんですけどねぇ……貴女《あなた》たちの前だと、どうしても甘いパパになっちゃうのよ」

姉妹と王妃は、楽しそうに笑いました。

笑いが収まったあと、クララベルは、背中に純白の、美しい鳥のような翼を広げます。

「姉さま、そろそろお散歩に行こう‼」

「そうね、こんなにいいお天気ですもの。お母様もどうかしら？」

「私は遠慮します。心配はないと思うけど、気を付けてね」

「はーいっ‼」

「はい。行ってきます、お母様」

ローレライは、コウモリのような、なめらかな翼を広げました。王族である二人は、自由に翼を出し入れすることが可能なのです。

そして、姉妹はゆっくりと上昇します。

王妃が、飛び去ろうとする姉妹に声をかけました。

「オーベルシュタインには、近付かないようにねーっ!!」

「はーいっ!!」

姉妹は、空中で優雅に羽ばたいて飛んでいったのでした。

◇◇◇◇◇◇

青い空、白い雲、温かい風。今日は絶好の飛行日和《びより》です。

「はぁ〜〜〜っ、気持ちいいねぇ」

「そうね……」

姉妹は、仲良く空を飛んでいます。

クララベルが、ローレライの周りをグルグル回りながら飛んだり、急降下したり、全速力を出したり……戯《たわむ》れながら飛行するうちに、あっという間に目的地である岩石地帯に到着しました。

「とうちゃーっく!!」

「はい、到着。ふぅ、天気がいいから、ついつい長く飛んじゃったわね」

「うん。姉さま、一眠りしたら水場に行きましょ‼」

「ええ、いいわよ」

ローレライは、妹のクララベルが大好きです。父に負けず劣《おと》らず、ついつい甘やかしてしまいます。

「ふぁ……えーと、あったあった」

岩場には、たくさんの草が敷き詰められた、天然のベッドがありました。

姉妹はそこへ向かい、コロンと転がります。

「姉さま姉さま、あったかいね」

「ええ。そうね……」

「ふぁ……」

「ん……」

姉妹は、仲良く眠りにつきました……


数時間後……

「ふぁ……姉さま姉さま、もうお昼よ」

「んん……そうねぇ。水浴びしたら、ご飯を採りに行きましょうか」

「うんっ‼　じゃあ、ドラゴンの姿で行こっか」

「そうね」

すると、見る見るうちに姉妹の姿が変わっていくではありませんか。

クララベルは、純白の美しいドラゴンに。ローレライはクリーム色に輝くドラゴンに。

これが、王族のみ変身できる、真の龍の姿。

この世で最も美しいとされるドラゴンの姉妹。

『白雪龍《ブランシュネージュ・ドラゴン》』クララベルと、『月光龍《ムーンライト・ドラゴン》』ローレライのドラゴンとしての姿です。

『姉さま、水場まで競争しよう‼』

『いいわよ。でも、私に勝ったことあったかしら？』

『むーっ、今日こそ勝つモン‼』

『ふふっ、じゃあ……よーい』

『どんっ‼』

二体の美しいドラゴンは、水場に向かって飛んでいったのでした……

美しいドラゴンの姉妹は、岩石地帯にある水場で、龍の身体を清めていました。

真っ白なドラゴンとクリーム色のドラゴンは、澄《す》み切った広い泉に浸《つ》かり、気持ちよさそうにしています。

クララベルは、姉にいつもの質問をしました。

『ねえ、姉さま、どうしてオーベルシュタインには行っちゃダメなの？』

『もう、またそんなことを言って……』

『だってだって。わたしたちはドラゴンなんだよ？　どんな魔獣だってやっつけられるもん‼』

『……クララベル。この世の中には、私たちより強い魔獣がたくさんいるわ』

『むー……例えば？』

『そうね……』

ローレライは、長い首を持ち上げ、空を見上げます。

『例えば、私たちを丸呑みできるくらい、大きくて長いヘビとか‼』

『ヘビくらい燃やせるよ‼　わたしの炎はあっついもん‼』

『ふふふ、それだけじゃないわ』

ローレライは、クララベルを脅《おど》すように翼を広げて言いました。

『例えば、私たちの鱗を簡単に引き裂く大熊とか‼』

『きゃー怖い‼　でもでも、わたしのが強いもん‼』

『ふふふ、そうね……』

『姉さまだってすっごく強いじゃない。わたし、姉さまと戦って勝てる気がしないよ？』

『あのねクララベル、今はとっても平和なの。危険が迫らない限り、戦う必要はないわ。このドラゴンの姿だって、本来は必要ないもの』

『むーっ、姉さまのばかー』

『はいはい。そろそろお腹が減ったし、近くの森で果物でも探しましょうか』

『わたしリンゴが食べたーい』

『はいはい……ふふ』

姉妹は泉から出ると、人間の姿に戻ります。

「姉さま姉さま、森に行こっ」

「ええ、行きましょう」

仲良し姉妹は、森の果実を探しに出かけました。

◇◇◇◇◇

森の果実を食べながら、姉妹は仲良くお話しします。

「オーベルシュタインにはね、とっても可愛い妖精さんが住んでるの。その妖精さんは、すっごく甘くて美味しいシロップを作ってくれるのよ」

「聞いたことがあるわ。確か、ハイピクシーよね」

「うん‼ わたし、妖精さんに会ってみたいなぁ……」

「そうね。私もよ」

「姉さま姉さま、じゃあ……」

「ダーメ。オーベルシュタインには行っちゃいけません。パパでさえ入ることはしないんだから、本当に危ないのよ？」

「むー……ちょっとだけならいいでしょ？」

「だーめ」

「ほんの少しだけ。空から眺めるだけでもダメ？」

「うーん……」

ローレライは、少しだけ悩みます。

そして、小さくため息を吐きました。

「しょうがないなぁ……ただし、地上には降りないこと。空から眺めるだけ。いい？」

「うん‼ やったぁ、さっすが姉さま‼」

こうして、姉妹はオーベルシュタインへ向かいます。

ドラゴンの姿に変身し、遥か上空へ飛翔しました。

空は青く、白い雲が二人の身体を包み込みます。

まるで、霧のように絡みつく雲が、なんとも心地よい……やがて、美しいドラゴンはオーベルシュタインの上空へ到着しました。

眼下に広がるのは、とてつもなく広大な森。

『姉さま、わたし……いつかここで遊んでみたい‼』

『ふふ。楽しそうね』

『もちろん、姉さまも一緒だよ‼ オーベルシュタインにはどんな果実があるのかなぁ。甘くておっきくて、柔らかくてフワフワして……』

『もう、食べることばかり。クララベルったら』

『えへへー』

そんな時でした。

地上から放たれた細い『槍』が、クララベルの翼を吹き飛ばしたのです。

『いっづ……あぁぁぁぁぁっ⁉』

『クララベルっ⁉』

翼をもがれた白いドラゴンは、地上に落下していきました。

ローレライは、迷うことなくあとを追い……得体の知れない巨大な生物を目にします。

『なに、あれ……』

落下する妹を追いながら、ローレライは恐怖しました。

地上では、石像のような色合いの、醜《みにく》い雄牛《おうし》の顔を持つ何かが、再び槍を構えているではありませんか。

ローレライは知りませんでした。

妹を狙っているこの魔獣が、ガーゴイルと呼ばれるとても強い魔獣だと。

『やめっ……なさいっ‼』

ローレライは、氷のブレスを吐きました。

あらゆる物を凍《い》てつかせる、ローレライの得意技です。

ですが、ガーゴイルを凍《こお》らせることは叶わず、周囲の森だけが凍りました。

『ウッフフフフ‼』

ガーゴイルは、馬鹿にしたように笑いました。

『クララベルっ‼』

ローレライは、全速力で飛び、妹の首を咥えてキャッチします。次の瞬間、ローレライの脇を石の槍が掠《かす》めました。

『姉さま……いたい、いたいよぉ』

『頑張って、すぐにここから……』

次の槍が飛んでくるまでにはまだ時間があるはず——そう思った時です。

予想外の方向から飛んできた石槍によって、今度はローレライの片翼《かたよく》が千切れ飛びました。

なんということでしょう。ガーゴイルは二体いたのです。

『ぎっ、あっ‼』

己の一部が千切れる痛みに耐えきれず、姉妹は地上に落下してしまいました。

母から決して入るなと言われてる、オーベルシュタインへ。

『姉さま……姉さま』

『ぐぅ……く、クララ、ベル』

ローレライは、血塗《ちまみ》れの身体を起こして妹のもとに向かいました。

すると……ゲヒゲヒと笑うガーゴイルが二体、姉妹へ迫ってきます。

『あぁ……なんて、こと』

ローレライは後悔しました。

上空なら、狙われる心配はないだろうと高《たか》を括《くく》ったことを。その結果がこれ。

――自分だけならいい。でも、妹はなんとしても助けたい。

――命乞いは……ダメだ。この知能の低そうな魔獣が相手では意味がない。

頭の中が、ぐちゃぐちゃです。

ローレライは、いつの間にか涙を流していました。

『クララベル……ごめんなさい』

『姉さま……』

ローレライは、クララベルに覆《おお》い被さりました。せめて、命ある限り妹の盾になろう。そう決めたのです。

ガーゴイルが、姉妹のすぐ近くまで来ました。そして――

『ゲヒゲヒ、ゲヒゲヒ……ゲヒゲヒ？』

『ゲヒゲヒ？』

ガーゴイルが、なぜか首を傾げたのです。

しかも、見ているのは姉妹ではありません。あらぬ方向を向いています。

「こーらっ‼　女の子をイジメちゃダメよ♪」

そしてどこからか女性の声がした瞬間、ガーゴイルは呑まれてしまいましたとさ。

◇◇◇◇◇◇

「あらあらヒドい怪我……大丈夫？」

『あ、あなた、は？』

「シエラでいいわ。それより、人間に戻れるかしら？」

『は、はい、ぐっ……』

ローレライは、人間の姿に戻ると同時に、地面に倒れてしまいました。

背中がざっくりと抉《えぐ》られ、血が流れています。

クララベルも、ドラゴンの姿から人間へ。同じように背中が抉れて血塗れです。

「とりあえず、怪我の治療をしなきゃね」

「ええ……はやく、王国へ、帰らなきゃ」

「うーん、送ってあげてもいいけど……あ、そうだ‼」

シエラと名乗った謎の女性は、ポンッと両手を叩きました。

そして、にっこり笑って言います。

「と～っても頼りになる薬師さんを、紹介してあげる♪」

第十七章　ドラゴンの急患《きゅうかん》

朝。俺は子供たちとウッドを連れて温室の手入れを済ませ、優雅に朝食を食べる。

子供たちは遊びに行き、シェリーは果樹園へ、ミュディは魔犬族の服飾場へ向かった。

俺はというと、掃除洗濯で忙しそうにしてるシルメリアさんの邪魔にならないように、診察室で新薬の開発に勤《いそ》しんでいた。

温室で採れた数種類の薬草を乾燥させ、調合する。

現在、調合しているのは、三種類の薬草を混ぜた物だ。

赤、青、緑のハーブを粉状にして混ぜるだけ。でもこいつはすごい。解毒《げどく》もできるし怪我も治る。消耗した体力だって回復させられる。城下町に売ってるポーションよりも効果は高いぞ。

これらを水に溶かし、試験管に入れて保存する。

持ち運びも便利だし、いざという時のためにバルギルドさんたちに持たせておこう。

と、その時、診察室のドアがノックされた。

「ご主人様、お茶をお持ちしました」

「ああ、ありがとう」

シルメリアさんが入室し、村で栽培された茶葉で紅茶を淹れてくれる。

最近、紅茶の製造過程で味が変わることがわかったらしく、銀猫族が中心となっていろいろ実験してるそうだ。

「そういえば……ギーグベッグさんの本の中に、お茶に関する本があったような」

「それは本当ですか？」

「うろ覚えですが……よし、あとで図書館に行きませんか？　たまには一緒にのんびり読書でも」

「……お供させていただきます」

お、シルメリアさんのネコ耳がピクピク動いてる。どうやら嬉しいみたいだ。

俺は、シルメリアさんとお茶の時間を楽しん……

「ア～シュ～ト～くんっ!!　急患で～っす♪」

……でいた途中、いきなりシエラ様が、診察室の窓を開けて入ってきた。

「シエラ様……ホント、いつも急に……急患？」

「ええ。この子たちよ」

「え……」

シエラ様がローブを翻《ひるがえ》すと、突如としてその場に女の子たちが現れた。

それにも驚いたが、少女たちは酷い怪我をしている。真っ青になって汗を流し、呼吸も荒い。見れば、背中がざっくりと割れていた。

「なんだこれ……酷い」

「ガーゴイルにやられたの。アシュトくん、お願いできる？」

「はい!!　シルメリアさん、お湯を沸かしてください!!」

「かしこまりました!!」

ほんわかとした空気は一変。俺の薬師としての血が騒ぎだした。

まず、診察台の上に二人をうつ伏せで寝かせる。

「重傷だな……引き裂かれたような傷だ。とりあえず、服を脱がせないと」

「うん、手伝ってあげる」

シエラ様と協力し、二人の服を脱がす。

今更だが、女の子たちには角がある。龍人なのか。それに、どこかで見たことあるような顔だな……？

まぁいい、今は治療が先だ。

「ご主人様、お湯の用意ができました」

「はい、ありがとうございます」

シルメリアさんが沸かしたお湯で手を洗い、治療開始。

まず、血で汚れた背中を洗浄する。水洗いでもいいが、今回は殺菌作用のある粉末ハーブを水に溶かした薬液を使う。

「っひ!?　あうぅぅっ!?」

「はーい我慢してねー」

染みるのだろう、薬液をかけた途端、白髪の女の子の身体が跳ねた。

シルメリアさんに押さえてもらい、背中の洗浄を済ませる。

次は、シェリーの治療でも使ったハイエルフの秘薬だ。これを背中に万遍《まんべん》なく塗りたくる。止血と同時に新しい皮膚《ひふ》を作り出してくれるので、これなら傷跡も残らない。

同じように、金髪の女の子も治療していく。

背中の洗浄だけ染みたようだが、こちらは声を出さずに耐えていた。

「よし、傷の手当ては終わり。あとは乾燥させて、と」

顔色が悪いけど、これは血を失いすぎたからだろう。

先ほど作っていた三種類のハーブを調合した物を準備し、魔獣の肝臓を乾燥させて粉末状にした物をミックスする。あとはこれをお湯に溶かせば、体力回復薬の完成だ。

秘薬が乾くまで服は着せられないから、このまましばらく過ごしてもらうしかない。

とりあえず、お尻を見ないように、下半身だけ毛布を掛ける。

そして、俺は首を傾げた。

「……うーん？」

どこかで見た記憶がある。

龍人の女の子たち。白い髪、金髪、角。龍人といえば……ドラゴンロード王国。そういえば数年前、ドラゴンロード王国の使者がビッグバロッグに来てたっけ。

「………ん、待てよ」

確か当時……エストレイヤ家に、王族の姉妹が来たな。兄さんとシェリーに挨拶してた。

ふと、脳裏によぎる言葉。

『——薬草、育ててるんだ』

『——お兄ちゃんって呼んでいい？』

待て、そういえばあの時……そうだ、王宮の温室で。

エルフの先生に薬学を教わってた際、角の生えた少女が訪れて……

「ねぇ、アシュトくん」

シエラ様に名前を呼ばれ、意識を引き戻される。

「……あ、はい」

「私、ちょっと行くところがあるから、この子たちをよろしくね」

「は、はい。その、手伝ってくれてありがとうございます」

「いえいえ～♪　じゃあまたね～っ」

シエラ様は、窓から出ていった。

俺は、金髪の女の子を見て呟く。

「もしかして……ローレライ？」

◇◇◇◇◇◇

ドラゴンロード王国。

謁見《えっけん》の間で、一人の龍人が暴れていた。

「うぉぉぉぉぉーーーーんっ!! ローレライ、クララベルうぉぉぉぉぉぉーーーーんっ!!」

ドラゴンロード国王、ガーランドである。

彼は、ずっと泣いていた。

なぜなら、愛する娘たちが散歩に出かけたっきり、戻らないからだ。

あまりのやかましさに、妻のアルメリアはキレた。

「ああもう五月蠅《うるさ》い!! 少しは静かになさいっ!!」

「ひぃぃぃーーんっ!! でもでも、こんなに遅くなったことなんて、今まで一度もないんだぞぉぉぉーーーーんっ!!」

「……」

——確かに。クララベルだけならともかく、あの真面目なローレライが付いているのに。

「……まさか、オーベルシュタインに行ったのかも」

「えぇぇぇーーーーっ!! そんな馬鹿な!! ローレライが一緒にいながらあんな魔境に行くなんてぇぇぇぇぇぇーーーーーんっ!!」

「だからやかましい!! 泣かないでよ!!」

「うぉぉぉぉぉーーーーーんっ!!」

現役世代最強とも呼ばれる『覇王龍《ケーニッヒ・ドラゴン》』ガーランドが、とんでもない泣き虫であることを知っているのは、妻であるアルメリアだけだ。

アルメリアも泣きたいくらい心配だったが、ガーランドがこんな状態なので自分がしっかりしなくてはならない。そう思っていた。

「……仕方ありません。オーベルシュタインに行くしかないですね」

「よっしゃァァっ‼　待ってろよ娘たち‼」

「馬鹿。行くのは私ですよ。国王のアナタが行ったら国はどうなるんですか」

「おふっ……で、でも」

「安心なさい。こう見えて私もドラゴンです。魔獣程度に遅れはとりませ……」

と、ガーランドを安心させようとした瞬間だった。

「それなら心配ないよ～♪　キミたちの娘はちゃーんと保護してるから♪」

美しいエメラルドグリーンの髪をなびかせながら、シエラが謁見の間に入ってきた。

シエラの登場に、ガーランドとアルメリアは驚愕する。

「むむむむ、ムルシエラゴ様ァァァーーーんっ⁉　え、娘たちは無事って、マジですか⁉」

「ふふ、久し振りだねガーくん。あんなにちっこかったキミが立派になったもんだねぇ～♪」

「ムルシエラゴ様……お久し振りです」

「アルメリアちゃんもキレーになったねぇ♪　昔みたいに、おねーちゃんでいいのに♪」

「そ、そんな……」

「ムルシエラゴ様、ムルシエラゴ様‼　娘たち、娘たちは⁉」

「こらガーランド‼　落ち着きなさい‼」

「あはは、いいよいいよ。ちゃーんと事情を説明するからさ♪」

◇◇◇◇◇

「う……んん」

「……お、起きたか」

治療を終えてからしばらくして、金髪の龍人少女が目を覚ました。

まだ顔色は悪い。血が足りてないのだろう。

「こ、こ……は？」

「俺の家だ」

「……っ!!　クララベルは!?」

少女はガバッと起き上がる。やべ、裸だから全部見えてしまう。

「落ち着け、大丈夫だから。ちゃんと手当てして、今は隣で寝てるよ。ほら」

「あ……あぁ、よかったぁ」

少女は白髪の女の子をクララベルと呼んだ。

間違いない。あの子はドラゴンロード王国の龍姉妹の妹、『白雪龍《ブランシュネージュ・ドラゴン》』クララベルだ。

今は、うつ伏せのまままスヤスヤ寝ている。

俺はおずおずと切り出した。

「あの、さ……ローレライ、だよな？」

「え……？」

「昔、エストレイヤ家に姉妹で使者としてやってきて、王宮温室に来てくれた……」

「……まさか、アシュト？」

「覚えててくれたか。うん、アシュトだよ」

「うそ、ここって……オーベルシュタイン、よね？」

「ああ。いろいろあってな、今はここに村を作って生活してる」

「む、村？　えぇと……」

「いろいろ話をしたいけど、その……」

「？」

流石にそろそろ、ちょっと恥ずかしい。

「ええと……胸を」

「………………」

ローレライの胸は、とても美しかった。

◇◇◇◇◇◇

どういう治療を施《ほどこ》したのか、ローレライに説明した。

「だからその、服を脱がしたのは、決してやましい気持ちでは……」

「……わかってる。でも、アシュトのえっち」

「うっぐ……」

ローレライは、耳まで赤くなってる。そりゃそうだ、異性に胸を見られたのは初めてだろうしな。

とりあえず、スープ用のカップに、先ほど用意した粉末ハーブと粉末肝臓を入れてお湯を注ぐ。

「ほら、これを飲んで」

「ふわぁ……いい香り」

「体力回復と失った血液を増やすための薬だ。お腹が減ってるかもしれないけど、今日はこれで我慢してくれ」

「ん……はぁ、美味しい」

「だろ？」

この薬の素晴らしいところは、栄養補給はもちろん、味がとても美味しいのだ。なので、子供でも飲みやすい。

ローレライは、毛布で胸を隠しながら俺を見る。

「……大きくなったね、アシュト」

「最初に会ったのは四、五年前か」

俺の魔法適性が『植物』だとわかり、絶望した頃だ。

あの頃、自分が将軍一家に相応しくないと思った俺は、猛烈に勉強した。

薬学を修めようと温室に通い、王宮薬師から勉強を教わり、薬師としての資格を得た。

その頃、ドラゴンロード王国からの友好の証として、親善大使の役割を任されたローレライとクラベルの姉妹がビッグバロッグ王国にやってきたんだ。

「甘いハーブの匂いに釣られて温室に来たんだよな」

「ふふ、そうね。中では、同い年くらいの男の子が、たくさんの羊皮紙にメモを取りながら勉強していて……それがエストレイヤ家の次男だって聞いて」

俺の勉強を、興味深そうに眺めてたんだ。

それから、ローレライとクララベルは、温室に来ては俺にちょっかいを出した。俺もいっぱいいっぱいだったから、ろくな対応をしてなかったと思う。

「ねぇアシュト、アシュトのお話を聞かせてくれない？」

興味深そうに言うローレライ。

「うーん、薬師としては今はゆっくり休んでほしいな。それに、長くなりそうだから、ローレライとクララベルがここに来た理由を先に知りたい」

「……」

ローレライは俯《うつむ》いてしまい、ポツポツと話をしてくれた。

「……というわけなの。私が、ちゃんとクララベルを連れて帰れば、こんなことには……」

「……ローレライ」

ローレライは自分を責めてるみたいだ。

俺はベッドサイドに座り、ローレライの頭を撫でた。

「アシュト……？」

「いや、その。自分を責めるなよ。そんなことしても、クララベルが悲しむだけだ」

「……でも」

「大丈夫。怪我が治ったら、ちゃんとドラゴンロード王国まで送る。だから今は、安心して休め」

「……うん、ありがとう」


「んんん～……」

数時間後。秘薬がある程度乾いてきたのでローレライが服を着て、妹の服も着せていたら、クララベルが目を覚ました。

眠たそうに瞼《まぶた》を開け、ローレライを見てカッと目を開く。

「姉さまっ!!」

「クララベルっ!!」

クララベルはベッドから飛び起き、ローレライに抱きついた。

ぐすぐす泣きだすクララベルを、ローレライは優しくあやす。姉というより母のように見えた。

「クララベル、怪我は平気？」

「うん。新しい翼が再生して生えてくるまで飛べないけど」

「よかった。それと、アシュトにお礼を言わなきゃ」

「……アシュト？」

クララベルは俺をジッと見て……目を見開く。

「アシュトって……まさか、アシュトお兄ちゃん⁉」

「久し振りだな、クララベル」

「お……お兄ちゃぁぁ～～～んっ‼」

「うわっ⁉」

クララベルが俺の胸に飛び込んできた。

確か……今年で十七歳になるよな。まだあどけない雰囲気だけど、女の子の匂いと薬草の香りがすごい。

そういえば、姉妹だけで男兄弟はいないから、クララベルは俺をお兄ちゃんって呼んでたっけ。

頭をナデナデすると、ぐすぐす泣く。

「ほら、まだ治療は終わってない。薬を出すから全部飲むんだぞ」

「ひっく……うん」

クララベルをベッドに戻し、俺は薬を作る。

薬をクララベルに渡すと、フーフーしながら飲み始めた。

「わぁ、おいしい」

「ゆっくり飲めよ」

さて、いろいろ聞くことがありそうだ。

◇◇◇◇◇◇

「えっと、ローレライ様……その、お怪我は」

「ミュディ。もう、様なんてやめてちょうだい。私たち、お友達でしょう？」

「……そうだね。久し振り、ローレライ。怪我してここに運び込まれたって聞いて驚いたわ」

「見ての通り、アシュトに治してもらったから大丈夫」

「あ、シェリー!!」

「クララベル……あはは、こんなところで再会するなんて」

「ほんとに久し振り～っ!!　元気してた？」

「相変わらずよ。怪我してる割に元気そうじゃない」

数時間後、ローレライとクララベルのことをミュディたちに伝えたら、大慌てで診察室へやってきた。

使者としてやってきた時に、同性で歳も近いということで、ミュディとシェリーが案内役をしていたんだっけ。数年ぶりの再会だけど、すぐに打ち解けたようだ。

その時、シルメリアさんが抜群のタイミングでお茶を持ってきて、診察室はとても賑やかになる。

怪我を忘れて騒ぐクララベルを大人しくさせ、これからのことを話した。

「ローレライ、クララベル。さっき貼り付けた背中の秘薬を剥がすのは三日後、それまではここで安静にしててくれ。怪我が治ったらドラゴンロード王国まで送るよ」

「……うん」

「え～～～っ、帰りたくないよぉ」

「ダメよクララベル。お父様やお母様が心配してるわ」

「……は～い」

ローレライがたしなめると、クララベルは大人しくなった。

さて、ドラゴンロード王国の方角を調べなきゃな。

センティに乗って、バルギルドさんたちを護衛に付ければ、問題なく行けるだろう。久し振りに再会できたのは嬉しいけど、ローレライたちは王族だ。早く帰してやらないと。

「早く帰してやらないと……な～～んて考えてるんでしょ？　ふうっ」

「うぉぁぁっ⁉　し、シエラ様ぁぁっ⁉」

突如として隣に現れたシエラ様が、俺の耳に息を吹きかけた。

というか、俺の考えてることを読んだのか⁉　相変わらず底が知れない人だ。

「さてと、アシュトくんにはこれ、お嬢さんたちにはこれをあげま～す♪」

「……なんですかこれ、手紙？」

「私と、クララベルにも、ですか？」

「あ、これ、パパとママの字だ‼」

なんと、俺たちに宛てた手紙だ。しかもドラゴンロード国王夫妻直々の。

なぜシエラ様が？　と思ったが追及はしない。この人ならなんでもアリな気がしてきた。

さっそく手紙を開封し、読んでみる。

「…………」

「…………」

「ふむふむ、え……ホントに⁉」

長く難しい文法で書いてあるが、要約すると『怪我した娘たちに会いに行きたいけど我慢しとくわ‼　ムルシエラゴ様が大丈夫って言ってるし大丈夫なんだろ？　静養も兼ねてしばらくそちらの村に置いてやってくれ‼』って感じだ。

「姉さま姉さま、もしかしてわたしたち、ここにいていいの⁉」

「そうみたいね……驚いたわ。まさかお父様が」

「シエラ様ってドラゴンロード国王とどんな関係……いないし」

そんなわけで、ローレライとクララベルの、療養という名の村での居住が決まった。

第十八章　龍人姉妹に村案内

翌日。

ローレライとクララベルの背中を診断して驚いた。

「……ローレライ、ちょっと触《さわ》るぞ」

「ん……」

触診《しょくしん》でわかった。全快には三日かかると思っていた傷が、治ってる。

いくらハイエルフの秘薬とはいえ、あれだけの深手が一日で完治してしまった。これがドラゴンの力なのか。この様子なら固まった秘薬を剥がしても大丈夫だ。

「よし、ローレライ。背中の秘薬を剥がす。ちょっとくすぐったいぞ」

「う、うん……んぁっ!! ふ、ぅうん……あぁん」

「……」

なんとまあ、艶《なま》めかしい。

ペリペリ～っと、少しずつ剥く度に、ローレライが喘《あえ》いで悶《もだ》える。

……無心、無心だ。

「はい終わり。うん、傷跡は残っていない」

「そ、そう……はぁ」

「よーし。次はクララベルだ」

「はーいっ、お兄ちゃん、くすぐったくしないでね」

「はいはい」

クララベルは、ローレライよりくすぐったがりだった。

治療を終え、二人は服を着直す。

ドラゴンの回復力は凄まじい。怪我をしても擦《す》り傷程度なら数分で治ったり、今回のような大きな怪我も一日あれば完治してしまう。もがれた翼は十日ほどで再生するらしい。しかも、病気にもかからないとか。

「ドラゴンってすごいな……」

「そうね。今回はこの身体に感謝してるわ」

「しばらくは飛べないけどね。ねぇねぇお兄ちゃん、助けてくれたお礼に、翼が治ったらお兄ちゃんを乗せて飛んであげる!!」

「はは、そりゃ楽しそうだな。ありがとうクララベル」

ローレライとクララベルは、俺の家の近くにある空き家を使うことになった。

クララベルは俺の家に住みたがってたけど、さすがにもう空いてる部屋はない。

ちなみに、滞在期間は無期限。建前は怪我の療養だけど、どうもシエラ様が裏で手を回したっぽい。しばらくのんびりしたら、近いうちにドラゴンロード王国に顔を出すことも考えないとな。

生粋《きっすい》のお姫様であるドラゴン姉妹は、家事などできない。なので、銀猫族を二人、専属メイドとして同居させることにした。

一人は三つ編みのシャーロット、もう一人はショートボブのマルチェラ。ともにシルメリアさんと並ぶ、銀猫族で最も家事能力のある二人……らしい。

と、二人の居住についてはこんな感じ。

「治療も終わったし、村を案内するよ」

「そうね。お散歩がてらお願いするわ」

「やったぁ!!」

さて、二人に村を楽しんでもらおうかな。

◇◇◇◇◇

俺、ローレライ、クララベルの三人で、村内を歩くことにした。

これからローレライたちは村に住む。なら、ちゃんと住人に紹介するべきだろう。

ウキウキしたクララベルは、俺の手を取った。

「お兄ちゃん、手ぇ繋いでー」

「いいよ」

「えへへー」

クララベルと手を繋ぎ、俺の反対側にはローレライがいる。

さっそく村を歩き始めた。

「……未開の地と呼ばれるオーベルシュタインに、こんな立派な村があるなんてね」

「ま、住んでる種族が種族だからな。エルダードワーフなんて特にこだわりが強いし」

エルダードワーフたちは、家から小物まで一切妥協しない。

ディミトリの館で交換するために金属の置物を作ってる時も、形が悪ければ廃棄する。職人としてのプライドなのか……彼ら曰く、自分が作った物が誰かの手に渡ることを考えると、手抜きなんてできるかボケ、だそうだ。

なので、住居はもちろん、村の中を通る道も整備されている。道の脇には植木や柵はもちろん、休憩用の東屋《あずまや》や公園なんかもできていた。

すると、俺たちの前にキラキラした蝶々……じゃなくて、ハイピクシーのフィルが来た。

『アーシュトッ!!　あら、お友達かしら？』

「ああ、龍人の……」

「妖精さんだーーーっ!!」

クララベルが叫んだ。

俺から離れると、フィルに触れようと手を伸ばす。

「姉さま姉さま!!　妖精、妖精さんだよっ!!　やっぱり妖精さんはいたんだぁっ!!」

『ちょ、こらぁっ!!　あたしを掴もうとしないでよっ!!』

「妖精……まさか、実在してたなんて」

驚いたように呟くローレライ。

「ハイピクシーって言うんだ。村には三十人ほど住んでるよ。森で蜜を集めて特製のシロップを作ってくれるんだ」

「妖精のシロップ!?　お兄ちゃん、食べたい!!」

「だってさ、フィル」

『シロップはいいけど、この子をなんとかしなさいよーーーっ!!』

クララベルに追いかけられるフィルを、ローレライと一緒に楽しく眺めた。

さて、次に向かったのは、ミュディが働いてる服飾場。

ミュディが中心となり、魔犬族の少女たちと様々な製品を作り出している。

服や下着関係はもちろん、ハンカチやスカーフ、小物入れや帽子、カバンなども作っていた。

ミュディはこちらに気付いてにっこり笑う。

「あ、ローレライにクララベル。アシュトも」

「よう。ローレライたちに村を案内してるんだ」

ミュディは、何かを描いてる最中だった。どうやら新作のデザインらしいけど……というか、ミュディってホントに魔法師っぽくないよな。

一応、初級の生活魔法は俺より上手いんだけど、そもそもあんまり魔法を使わない。『爆破』なんていう物騒な魔法適性だが、攻撃用の魔法をミュディはまったく覚えていない。どこまでも平和的な女の子だった。

工房の中は、機織《はたお》り機がガシャンガシャンと音を立てている。

ローレライとクララベルは見るのが初めてなのか、興味深そうに見ていた。

それから俺たちはエルダードワーフ、サラマンダー族たちの作業を遠目で眺め、ちょこちょこ歩くブラックモール族たちに挨拶し、ハイエルフたちの農園にやってきた。

「農業は村のメイン産業で、ブドウ園と果樹園、麦畑と茶畑があるんだ。あっちの大きな建物は加工場で、お酒を作ってる」

「へぇ～、すごく立派ね」

「住人はみんな酒好きだからな……」

「お兄ちゃんお兄ちゃん、果物食べたいな」

「ははは、いいよ。みんなで行こうか」

「うん!!」

というわけで、休憩所へ。あそこなら余った果物があるはずだ。

ちょうど休憩中なのか、エルミナたちがお茶を楽しんでいた。シェリーもいる。

「あ、アシュト」

「お兄ちゃん。ローレライとクララベルの案内？」

「ああ。俺たちも混ぜてくれよ」

「ん、いいよ」

エルミナの隣に俺が座り、その隣にクララベル、そしてローレライが座る。シェリーはエルミナの反対側の隣に座っていた。

メージュがお茶を淹れ、剥いた果実と『花妖精の蜜《フェアリーシロップ》』を出してくれた。

「あ、お兄ちゃんお兄ちゃん、これって……」

クララベルは『花妖精の蜜《フェアリーシロップ》』を見て、興奮したように俺の服の袖を引っぱる。

「ああ。お前が欲しがってた『花妖精の蜜《フェアリーシロップ》』だ。果実にかけて食べてごらん」

「うん!!　いっただきまーすっ!!」

クララベルは果物にシロップをかけて食べると、顔をほころばせた。

「お、おいひぃ～♪　妖精さんありがとぉ～♪」

「うん……本当に美味しいわ」

ローレライも口元を押さえて驚いていた。

すると、なぜかむくれてるシェリーが言う。

「……あのさ、クララベル」

「ん、なーに？」

「なんでお兄ちゃんのこと、お兄ちゃんって呼んでるの？」

「？　……だって、お兄ちゃんはお兄ちゃんって呼んでいいって言ったよ？」

「な!?　だ、ダメダメ。お兄ちゃんはあたしのお兄ちゃんなんだから!!　妹はあたしだけ!!」

「関係ないもーん。ねぇねぇ、お兄ちゃんは初めて会った時、お兄ちゃんって呼んでいいよって言ってくれたよね？」

「…………」

正直、覚えてない……言ったような言ってないような。

「とにかく、お兄ちゃんの妹はあたしなの!!　クララベルはちゃんと名前で呼ぶこと!!」

「やーだ。お兄ちゃんはわたしのお兄ちゃんだもん」

「ダメ!!」

「ヤダ!!」

シェリーとクララベルが喧嘩を始めてしまった。

どうすりゃいいのかと二人を見ると……

「ほらシェリー、やめなって」

「クララベル、騒いではだめよ」

「うぅ〜〜〜、エルミナぁ」

「姉さまぁ……」

エルミナとローレライに救われた。

こういう時に頼りになるのが姉の力だ。エルミナは姉じゃないけど。

おやつも食べたし、また喧嘩になる前に行くか。


その後、キングシープの背中で遊んでる子供たちに挨拶し、昼寝をしていたウッドの紹介をした。

挨拶ついでに、村の施設も案内しておく。

大宴会場にはその広さに驚き、村民浴場には毎日風呂が入れると喜んでいた。

そして、ローレライが一番興奮したのは、図書館だった。

「わぁぁっ♪　こんなにたくさんの本が……す、すっっっごぉぉぉいっ!!」

「ロ、ローレライ？」

図書館に入るなり、ローレライの様子が変わった。

その場でクルクル回り、両手を広げて踊りだしたのだ。

「ありゃりゃ。姉さま、本が大好きだから」

「え、そうなのか？」

「うん。王国の図書室に毎日必ず顔を出していたしね」

そこに、悪魔司書っ子の一人がこっちに来る。

「おや村長。いらっしゃいませ」

「ああ、えーっと……アグラットだ!!」

「残念、違います」

「え……あー、その」

すると、今度は別の悪魔司書が来た。

「村長、お疲れ様です」

「あ、ああ。その……エイシェト」

「残念、違います」

「……」

「お、お兄ちゃん。この人たち、分裂したの？」

「いや、姉妹なんだよ……」

顔も服装も髪型も何もかも同じ格好の、ディアボロス族の四姉妹。

というか、名札付けておくって言ったよね。なんでいまだに付けてないの？

「アグラット、エイシェト、おふざけはそこまでです」

「村長をからかうのは感心しませんよ」

残りの二人がやってきた。

「おや、バレました」

「残念です。村長、私はエイシェト、彼女はアグラット。合ってましたよ」

「………………」

「はわわ……み、みんな同じ顔だよぉ」

頭を抱えそうになるのをこらえ、いつの間にか俺たちから離れて読書を始めてるローレライのもとへみんなで向かう。

ローレライは俺を見て、こんなことを言った。

「アシュト、私とクララベルはこの村に住むのよね？」

「え、ああ、うん。療養が目的だけどな」

「建前はそうだけど、毎日何もしないで過ごすのは退屈よね……そこでお願いなのだけれど」

「は、はい」

ローレライは、本を抱えたままズイッと迫る。

な、なんか怖いオーラが溢れ出てるよ。

「私を、この図書館で働かせてくれない？」

「……え？」

「私をここで司書として働かせて。お願い」

「あ、ああ……いいけど」

「本当!?　やったぁぁぁっ!!」

ローレライ、渾身のガッツポーズ。

「おお、これで司書が五人に」

「嬉しいですね」

「ええ、この際、我々のリーダーになってもらいましょうか」

「なるほど。つまり司書長ですね」

なんか、四姉妹が話し合い始めた。

完全に置いてきぼりな俺とクララベル。

「ローレライ様。我々はこの図書館の司書を務めております。我々はあなた様を歓迎します」

「ええ、よろしく頼むわ」

「「「「よろしくお願いします。ローレライ司書長」」」」

ローレライと四姉妹は互いに自己紹介してる。

そして、俺とクララベルを無視して、図書館の仕事について話し始めた。

「あー……ローレライ、先に帰ってるから」

「姉さま、ほどほどにねー」

ローレライは、すでに聞いてなかった。

ま、まぁ……楽しそうだし、いっか。

いきなり司書長になったローレライだが、ローブ姿が似合っているという理由だけで、住民からは特に文句を言われなかった。

実際、美人で知的だからね。まあ、俺も似合っていると思う。

第十九章　アルラウネドーナツ

ローレライたちが村に加わってから数日後。俺はアルラウネの葉を使って料理の実験をしていた。場所は自宅のキッチン。シルメリアさんは出かけているのでいない。

「ええと、アルラウネの葉を使った料理か……」

ボウルに卵を割って、砂糖を加えてよーく混ぜる。砂糖が溶けたら牛乳、バターの順に加えて再びよく混ぜる……うーん、なんだろうこれ。ミュディを呼んだ方がいいかな。

というかこのレシピ、『緑龍の知識書《ムルシエラゴ・グリモワール》』に書かれてるんだけど、マジで万能だな。

「あるらうねー」

と、キッチンにアルラウネがやってきた。

「ん、どうした？　一人か？」

「あるらうねー」

コクコク頷く。もしかして、俺がアルラウネの葉を使ってるからここに来たとか？　まさかな。

「みんなは……って聞いてもわからんか」

「あるらうねー」

「ま、いいか。せっかくだし一緒にやるか」

「あるらうねー」

返事をするアルラウネ。さて、調理開始。

俺はアルラウネの葉を細かく刻む……葉を千切って渡してくれた本人の前じゃ少しやりにくいな。

アルラウネには、ボウルに入れた卵と砂糖をよーく混ぜてもらい、ミルクとバターを加えてさらに攪拌《かくはん》した。

「えーと、ここに薄力粉と刻んだアルラウネの葉を加えてかき混ぜる……なんか混ぜてばっかだな」

「あるらうねーっ」

とにかくレシピ通りに、薄力粉を入れ、アルラウネの葉を入れて混ぜる。すると、薄緑色のモチモチした生地が完成した。

「えーと、ここから生地を少し寝かせて、そのあとは伸ばしてリング状にして……『アゲル』？」

アゲルってなんだ？

調理法なのか？　あげる、アゲル……わからん。

こんな時は『緑龍の知識書《ムルシエラゴ・グリモワール》』を開くか。

＊＊＊＊＊＊＊＊＊＊＊＊＊＊＊＊＊＊＊＊＊＊＊＊＊＊＊＊＊＊＊

『揚《あ》げる』

揚げるっていうのはね、温めた油に食材を投入すること!!

ジュワ～っとなるけど怖がらないで!!

さ、レッツフリット!!

＊＊＊＊＊＊＊＊＊＊＊＊＊＊＊＊＊＊＊＊＊＊＊＊＊＊＊＊＊＊

相変わらず親切な本だな。

とりあえず、図説の通りに鍋に油を入れて火にかける。

そうこうしてるうちに寝かせた生地もいい感じになったので、アルラウネと一緒に生地をリング状にする。これが意外と楽しい。

そして、油がちょうどよく温まった。

「んーと、このリングを油に入れればいいのか」

「あるらうねー」

「よし。じゃあ投入」

次の瞬間、油が跳ねた。

「うぉぉぉぉぉっ⁉　あちちちちっ⁉」

「あるらうねーっ⁉」

ジュワワワワワワワワワワワッ‼　と、油が爆発してる。

跳ねた油からアルラウネを守ると、飛んできた油が手に付いた。めっちゃ熱い‼

これが『アゲル』なのか。

こんな調理法知らなかった……っていうかこれは調理なのか？

「お……落ち着いてきたか」

勢いが収まってきたので恐る恐る鍋に近付き、投入したリングを確認する。

すると、リングは薄茶色になっていた。よくわからんが、取り出した方がいいかもしれない。

「ええと、ドワーフに作ってもらったサラダ用トングで……よし、掴めた」

リングは、硬くなっていた。

表面がカリカリしてる。水気がなくなり、ただの茶色いリングになってしまった。あのモチモチだった薄緑の生地の名残《なごり》がない。

だが、俺は気付いた。

「……なんか、いい匂い」

ふわぁ～っと、甘いような香ばしいような匂いがする。

アルラウネも気になるのか、俺の服をクイクイ引く。

俺は皿にリングを置き、ナイフで半分にしてみた。

「う、わぁ……すっごい、いい香り」

「あるらうねー……」

表面は茶色、中は薄緑色の、ふわっとした仕上がりだ。

しかも温かい。ケーキとは違う、焼き立てパンのような。

「よし、食べてみるか。いただきます……あむ」

あ…………美味い。

なにこれ、表面はカリカリ、中はフワフワ、ケーキとは違う甘み、初めての食感。

「う、うんまぁぁぁっ!! なんだこれめっちゃ美味い!!」

「あるらうねーっ!!」

「すごいぞアルラウネ、そうか、これが『アゲル』の効果なのか!! こんな調理法があったなんて……」

「あるらうねーっ!! あるらうねーっ!!」

アルラウネが俺の服を引っ張り、アゲていないリングを指差した。どうやらこれもアゲろということらしい。

「ん、ああそうだな、全部『アゲル』ぞ!!」

当然、俺は全てのリングをアゲていく。

だが、いくつかはカチカチになってしまった。どうもアゲル時間が難しい。タイミングがよくわからない。

それでも、数個は美味しそうに完成した。

「ただいまー、あれ、お兄ちゃんいる」

「ただいま、アシュト。あれ、この匂い……」

「ただいま戻りました。ご主人様」

お、シェリー、ミュディ、シルメリアさんが戻ってきた。

ちょうどいい。みんなでお茶にするか。

◇◇◇◇◇◇

「アシュト!! これどうやって作ったの!? 教えて、教えて!!」

「お、落ち着けミュディ、な？」

ミュディが豹変《ひょうへん》した。リングを食べた瞬間に目を見開き、俺に詰め寄ってくる。

俺は『アゲル』という調理法を説明した。

「アゲル……煮込んだり焼いたりするんじゃなくて、油を使ってこんな調理を……うん、いろいろ実験できそう!! よーっしっ!!」

ミュディが張り切ってる……

シェリーはアルラウネを抱っこしながらリングをもぐもぐ食べ、シルメリアさんもネコ耳をピコピコ動かしながらリングを完食した。

「確かにこれ、美味しいね」

「あるらうねー」

「アゲルとは……まだまだ私も勉強不足です」

「ちょっと手がベタつくけどな……お？」

ミュディに調理法を説明するために本を開いていたからわかった。今まで作り方ばかり見てたから、この料理の名前を初めて目にした。

「へぇ、『ドーナツ』か……変な名前」

今後、ドーナツは村の新しいおやつとして広まっていく。

第二十章　サラマンダー族の脱皮

「叔父貴《オジキ》、相談があります」

「え？」

ある晴れた日、村を歩いていたらサラマンダー族の代表、グラッドさんに声をかけられた。

俺の手には魔獣の革で作られた袋があり、中にはできたてのドーナツがたくさん入っている。

ミュディがドーナツの『アゲ』具合の練習に作った物で、さすがに食べきれないので、こうして村を回ってお裾《すそ》分《わ》けしているのだ。

「相談？　……あ、食べます？」

「ゴチになります!!　ええ。ちとサラマンダー族のことで……」

ドーナツを一口で頬張るグラッドさん。

モグモグ咀嚼《そしゃく》してゴクリと呑み込んだが、話しださない……なんか言いにくそうにしてるな。

「聞かれるとマズい話なら場所を変えますか。応接邸に行きましょう」

「へい!!」

「と、その前に……」

ドーナツをどうしようかと思ったが、ちょうどいいところにデーモンオーガ一家が通りかかる。

どうやらこれから狩りに向かうらしく、二家族が揃っていた。

グラッドさんをエルダードワーフが建ててくれた来客用の家、通称『応接邸』に先に行かせ、俺はバルギルドさんたちのもとへ。

「……村長か」

「お疲れ様です。これから狩りですか」

「ああ。大物を狩ってくる、期待しててくれ」

「はい、頑張ってください。ディアムドさんも」

「当然だ」

続いて、ノーマちゃんにくっ付いてるエイラちゃんに話しかける。

「こんにちは、エイラちゃん」

「おにーたん、こんにちは!!」

「今日も元気だね、エイラちゃん」

「うん!!」

頭を撫でると、ニコニコ笑う。

俺はアーモさんとネマさんに、ドーナツの入った袋を渡した。

「これ、軽食のドーナツです。空いた時間に皆さんで召し上がってください」

「軽食？　ドーナツ？　……なんだいこの輪っかは？」

「新作のお菓子みたいな物です。ミュディがはりきっちゃって」

俺はドーナツを一つ取り、二つに割る。

その一つをエイラちゃんに、もう一つをそばにいたシンハくんにあげた。やっぱりこういうのはまず、小さな子供にあげるべきだよな。

「村長、なにこれ？」

「食べてごらん。美味しいよ」

「ふーん……あむ」

シンハくんとエイラちゃんはドーナツを齧る。するとすぐに表情が変わった。

「う、うっめぇぇぇっ!!　なんだこれ!?」

「おいしーっ!!　おにーたん、すごいよこれ!!」

「だろ？」

「わ、いいなぁ。ねえシンハ、お姉ちゃんにもちょうだいよ!!」

「やーだよ!!　これはおれのだ」

「なにーっ!!」

「おい、やめろよノーマ。シンハを苛《いじ》めるなって」

シンハくんに組みつこうとするノーマちゃんを、キリンジくんがたしなめる。

「うっさいよキリンジ!!　あんたは気にならないの!?」

「落ち着け。まだいっぱいあるだろ？　ですよね、村長」

「うん、もちろん。みんなの分があるから安心して」

キリンジくんはいつも冷静だ。ノーマちゃんは頬をぷくっと膨らませ、シンハくんとエイラちゃんは仲良くドーナツを頬張る。そして、その光景を微笑ましく見守る父と母……うん、平和だな。

「というわけで、皆さんの間食にどうぞ」

「……感謝する、村長」

「ありがとう、村長」

「いえいえ、では狩りをよろしくお願いします」

両父親から感謝され、俺は応接邸へ向かった。

◇◇◇◇◇◇

応接邸に行くと、扉の前にグラッドさんが立っていた。

二メートルを超える筋骨隆々《きんこつりゅうりゅう》の体躯《たいく》。龍の如き顔。真っ赤に燃えるような鱗に尾といい、トカゲというよりは二足歩行のドラゴンに近い。翼は生えてないけど。

こうしてじっくり見ると、全身傷だらけなのがよくわかる。片目なんて潰れてるしな。

グラッドさんは、俺を見て頭を下げた。

「お疲れです、叔父貴《オジキ》」

「遅れて申し訳ありません、じゃあ中へ」

「うす」

中に入り、椅子を勧める。

すると、時間を取らせて申し訳ないとでも考えてるのか、グラッドさんがさっそく切り出した。

「叔父貴《オジキ》、折り入って頼みがありやす。サラマンダー族専用の『脱皮《だっぴ》小屋』を作ってもいいでしょうか」

「……え、ええと」

強烈すぎて頭が追いつかなかった。

「詳しく説明させていただきやす」

グラッドさんが説明し始める。

まず、サラマンダー族は脱皮をする種族だ。脱皮は性別に関係なく一定の周期で起こるらしい。

サラマンダー族にとって脱皮を見られるのは、人間で言うと異性に全裸を見られることに等しいそうで、メスのサラマンダー族が恥ずかしがってるのだとか。

なら自宅で行えば？　……と、思うがそうはいかない。

サラマンダー族の脱皮は高熱を発するため、家で脱皮しようものなら全焼間違いなしとのこと。

以前に住んでいた場所は岩石地帯だったので、周囲が火事になる心配はなかったそうだ。だが、ここは森に囲まれた村。どこへ行こうと木々が生《お》い茂っている。

そこで、煉瓦を積み重ねた小屋をいくつか用意してほしいとのことである。

煉瓦小屋なら燃える心配もないし、脱皮するのに最適だとか。

「周期的にそろそろ脱皮が始まるんで、建設許可をくだせぇ」

「もちろんかまいません。場所も規模も任せます。手伝いは？」

「いえ、サラマンダー族で建設しやす。エルダードワーフの親方たちに迷惑はかけやせんので」

「……う〜ん」

前から思ってたけど、サラマンダー族ってちょっと遠慮しすぎてるな。

上下関係に重きを置くのはいいけど、サラマンダー族を手下とか部下だなんて思ったことはない。

この村で暮らす以上、大事な仲間だ。

「グラッドさん、遠慮はしなくていいです。というか、迷惑だなんて思ってません。それに、そんなこと言ったら、ドワーフたちに怒られますよ？」

「し、しかし……」

「よし決めた。ドワーフたちの作業は一時中断。サラマンダー族の脱皮小屋を最優先にしよう」

「え、叔父貴《オジキ》⁉」

「村の仲間のピンチです。当然でしょう？」

「オ、叔父貴《オジキ》……」

「さあ、行きますよ。脱皮までそんなに時間がないんでしょう？」

俺は立ち上がり、ドアへ向かって大股で歩きだした。

俺とグラッドさんは、エルダードワーフたちの集まる仕事場――『事務所』へ向かう。

全てのエルダードワーフたちは、一日の仕事を始めるにあたり、まず最初に『事務所』に集まる。

ここはそれぞれの部門に所属するドワーフたちの会社のような場所だ。

リーダーたちはここに集まってよく会議をしている。

俺は建築関係の事務所のドアをノックする。

「アウグストさん、いますか」

「おう、入っていいぞ」

「失礼します」

事務所に入ると、アウグストさんは図面を引いていた。

素人の俺にはわからないが、どうも大きな建物みたいだ。

「村長とグラッドか。珍しい組み合わせだな」

「いやいや。ちょっとお願いがありまして」

「ん、どうした？」

俺はアウグストさんに、グラッドさんたちサラマンダー族の脱皮の話をする。グラッドさんは申し訳なさそうだったが、アウグストさんはすぐに決断した。

「脱皮小屋だな。わかった、全作業を一時中断。建築場所の整地と耐火煉瓦の製作に取りかかる。グラッド、図面を引くから注文があれば言え。申し訳ねぇが村長、ドワーフとサラマンダーを集めて建築場所を決めてくれ。サラマンダー族の希望を最優先にな」

「わかりました。整地なら俺の魔法ですぐに終わらせますよ」

「助かる」

「オ、叔父貴《オジキ》、親分!? その、迷惑ですし、忙しいんじゃゃ――」

「バカヤロウッ!!」

突如、アウグストさんの怒号が響く。グラッドさんに言ったのに俺がビビってしまった。恥ずかしい。

アウグストさんは、テーブルを叩いて言葉を続ける。

「いいいか、オメーらは大事な仲間だ!! 上下関係に重きを置く心構えを否定はしねぇ。だがな、オメーらに必要なモンがあれば言え!! ワシらを頼れ!! それが迷惑だと? ナメんじゃねぇぞコラァッ!!」

「お、親分……」

「どーせワシらに頼らずやるつもりだったんだろうが、そうはいかねぇ。知ってるぜ、サラマンダー族の女たち、産卵が近いんだろう?」

「え、マジで？」

「……っ」

俺が驚いて振り向くと、グラッドさんは申し訳なさそうに俯く。

どうやら隠していた……らしい。

自分たちのことは自分でやる。上の者に迷惑はかけない。その心づもりでやってるんだろうけど、それじゃ仲間じゃなくて部下、もっと言えば奴隷《どれい》みたいなものだ。それは絶対に違う。

村の仲間である以上、手伝えることは手伝う。上も下も関係ない。

「グラッド、必要なことは全て言え。いいか、もし隠し事をしてみろ、その赤いウロコを引《ひ》っ剥《ぺ》がしてやるからな」

「……へいっ、親分」

さて、俺も仕事しますか!!

◇◇◇◇◇

村の外れに、サラマンダー族の脱皮小屋が二棟《にとう》、煉瓦で建てられた。

それとは別に、メスのサラマンダーの産卵小屋も建築した。

サラマンダーたちは小屋の中で脱皮し、脱皮した皮は燃やしてしまうらしい。見られると恥ずかしいからだそうなんだけど、人間の俺にはよくわからない感覚だ。

産卵小屋では、メスのサラマンダーたちが卵を産んだ。

何かすることはあるかと聞いたら、特に何もないみたい。あとは自然に孵化《ふか》するのを待つだけとのこと。というか、何気に新しい命が誕生しようとしてることに驚いた。生まれたら盛大にパーティーをしよう。

サラマンダー族たちには、困ったことがあれば遠慮なく言うようにちょっとだけ説教した。彼らの考え方をすぐには直せないだろうけど、少しずつ変わればいいと思う。

ちなみに、サラマンダーの脱皮した皮をディミトリが欲しがったが、グラッドさんに本気でぶん殴られそうになっていた。あいつもアホだな……やれやれ。

第二十一章　マンドレイクのスープカレー

サラマンダー族の一件からしばらく経ち、いつも通り子供たちとウッドとシロと、温室の手入れをしていた時のこと。

「あるらうねー」

「おお、ありがとな」

『きゃんきゃんっ!!』

「こらこらシロ、苗を踏むな」

「……」

「ん、どうしたマンドレイク」

「……」

最近、マンドレイクが俺を見ようとしない。

反抗期というか、拗《す》ねているというか。その態度の理由は簡単にわかった。

「とりあえず、帰ろうか」

「あるらうねー」

『きゃんきゃんっ』

「……」

マンドレイクはプイっとそっぽを向き、一人で走っていってしまった。

ちょっぴり悲しくなるが仕方ない。

「あるらうねー……」

「ん、よしよし。大丈夫。もう少ししたら機嫌もよくなるさ」

しょんぼりするアルラウネをナデナデし、俺は研究用温室に植えた、数種類の薬草と香草《こうそう》を見る。

これは、ディミトリからもらった香草で、薬だけじゃなく料理にも使える。これを収穫して、ある料理を作れば、マンドレイクもきっと満足するはずだ。

マンドレイクの機嫌が悪い原因は、アルラウネの葉を使ったドーナツにある。

アルラウネの葉っぱを使ったドーナツは、ハイエルフたちや銀猫族、魔犬族に好評だった。もちろん、サラマンダー族やエルダードワーフたちも間食にはもってこいとガツガツ食べる。

そう、マンドレイクは嫉妬《しっと》していた。

自分の葉っぱを使わず、アルラウネだけの葉で作ったドーナツが、村で人気になっていることに。

ここ最近、毎日悲しそうな目で、俺に葉っぱを差し出すマンドレイクの顔が忘れられない。自分のも使ってくれと言わんばかりに。でも、マンドレイクの葉はお菓子には向かないんだよな。

ただし、乾燥させて粉状にすれば、香辛料として使える。なのでこの数日間は、マンドレイクの葉っぱを使った料理のレシピを本で調べ、材料も同時に育てているのだ。

運良く、ディミトリからもらった種の中に、使える物があった。これを収穫したらマンドレイクのために作ろう。

◇◇◇◇◇◇

数日後。

部屋でふて寝してるマンドレイクのもとへ行く。

「マンドレイク、いいか？」

「……まんどれーいく」

「ちょっと頼みがあるんだ。少し手伝ってくれ」

「……？」

現在、家には俺とマンドレイクだけ。

マンドレイクを連れてキッチンへ向かう。

キッチンテーブルの上には、すでに食材を準備しておいた。

「実は、マンドレイクの葉を使った料理の実験をしたくてな。お前にも手伝ってほしいんだ」

「!!」

マンドレイクが驚いたように俺を見る。

俺はにっこり笑い、マンドレイクの頭をナデナデした。

「さーてやるか。ええと、まずは野菜のカットから……う～ん、包丁は苦手だな」

「まんどれーいく!!」

「え、お前がやるって？　いやいや危ないぞ」

「まんどれーいく!!」

すると、マンドレイクは椅子の上に乗り、包丁を握って野菜をトントン切り始めた。しかも手付きも安定してるし、俺より上手い。

「お前、すごいな。いつの間に」

「まんどれーいく!!」

これはあとから知ったのだが、子供たちはミュディのお菓子作りをよく手伝っているらしい。

マンドレイクに肉と野菜のカットを任せ、俺は鍋の準備をする。

油を引き、畑で収穫したニンニクと、乾燥させて刻んだマンドレイクの葉をよーく炒める。これだけでもいい香りがしてきた。

「まんどれーいく!!」

「お、全部切ったか。よーし待ってろよ……次は、香辛料を全部炒めるのか」

『緑龍の知識書《ムルシエラゴ・グリモワール》』に載っているレシピを見つつ、温室で育てた香辛料を鍋に入れ、焦げないように炒め、刻んだ玉ねぎを投入。

そして水を放り込んで、肉と野菜を入れてよく煮込む……あれ、これだけで完成なのか？

だが、煮込んでいくとすぐにわかった。

とんでもなくかぐわしい香りで部屋が満たされる。

「うゎ……何これ、めっちゃ腹が減ってきた」

「まんどれーいく……」

食欲をそそる匂い。お菓子や果物みたいなデザート系の香りじゃない。たとえるなら肉体労働後の空腹に、ドカンと強烈な一撃を食らわせるかのような、ズシンとくる感じの……もうわからん。

やがて、ついに完成した。

蓋を開けると、とろみの付いた茶色いスープが出来上がっている。スープなのにメインを張れそうな強烈な料理だ。

さっそく、二つのスープ皿に肉と野菜を多めに入れて盛りつける。

「じゃ、食べるぞ……」

「まんどれーいく」

スプーンで肉と野菜とスープをバランスよく掬って……いただきます。

「ツッツ!?　か、辛いっ!!　でもうんまいっ!!」

「まんどれーいくっ!!」

ピリ辛のスープだ!!

肉と野菜と辛いスープが混ざり合って、なんとも言えない極上の旨味《うまみ》を感じる。

なんだこれ、めっちゃ美味い!!

「美味いぞマンドレイクっ!!」

「まんどれーいくっ!!」

マンドレイクも気に入ったのか、スープをガブガブ飲んでいる。

まさかエリクシールの素材の一つが、こんな美味いスープに化けるとは。

「ただいまー、って、なにこの匂い？」

「ただいま戻りました。ご主人様」

「たっだいまーっ!!　って、なんかいい匂いね……」

お、みんな帰ってきた。アルラウネドーナツを作った時もこんなタイミングだったよな。

「アシュト、また何か作ってるの？」

「おう。今度はお菓子じゃないぞ。これは『緑龍の知識書《ムルシエラゴ・グリモワール》』に載っていた料理……マンドレイクの葉を使った『スープカレー』だ!!」

ミュディの言葉にそう答えると、今度はシェリーが言う。

「お兄ちゃん、薬師なのに料理人みたいだね」

「別にいいだろ。それより、みんなも食べてくれよ、ピリ辛だけどめっちゃ美味いぞ!!」

「では、私が準備しますのでお席へ」

シルメリアさんによそってもらい、ミュディたちもスープカレーを食べた。

「か、辛い……でも、美味しい!!」

「ホント、クセになる味かも!!」

「これは素晴らしい!!　ご主人様、ぜひともレシピ公開を!!」

「もちろん。今後は定期的に食卓に並べてほしいな。これは美味い!!」

「まんどれーいく!!」

こうして、家の食卓にスープカレーが並ぶことになった。

マンドレイクの機嫌もよくなり、子供たちとまた遊ぶように。

村の食卓にもスープカレーは広まり、辛い物好きのサラマンダー族は大いに喜んだという。

マンドレイクスープカレー、アルラウネドーナツ。

伝説の薬草を使った料理、こんなのこの村でしか食べられないぞ。

第二十二章　綺麗な湖

「泉、ですか？」

「ああ。アスレチック・ガーデンにある泉とは違う。あれだけ大きな泉は初めて見た」

スープカレーを作った数日後、狩りから帰ってきたバルギルドさんが報告してくれた。

大型の魔獣を追いかけていつもと違うルートに入ったら、大きく広い泉を見つけたのだとか。泉というよりは湖に近いらしく、大きな魚が跳ねていたそうだ。

こりゃ面白そうだ。釣りなんてしたら楽しいかも……うん。想像したらワクワクしてきた。

「まずはその湖に行ってみますか。そうだ、せっかくだしみんな誘ってピクニックするのもいいな……よーし」

俺はみんなを誘い、バルギルドさんが見つけた湖に向かうことにした。

◇◇◇◇◇◇

さて、湖に向かうメンバーを誘うか。

「湖？　みんなで行くの？　面白そう、お弁当作るね!!」

「へー……いいわね、楽しそうじゃん!!」

「ふふふ……釣り道具を持っていかないと!!」

「湖……水浴びしたいわね」

「やった!!　姉さま、一緒に水浴びしよっ!!」

手の空きやすいミュディ、シェリー、エルミナ、ローレライ、クララベルの順で誘う。

護衛をバルギルドさんとディアムドさんにお願いし、俺を含めた八人で湖に向かおうとしたら……

「にゃあ。一緒にいく!!」

「湖？　ああ、そこの湖なら知ってるんだな。案内するんだな」

『アシュトが行くならあたしも行くっ!!』

たまたま話を聞いていたミュアちゃん、湖を知っているというポンタさん、偶然近くを飛んでいたフィルも加わり、大人数となった。

ま、別にいいか。どんな湖か様子を見て、本格的に釣りができそうなら新しい釣りスポットとして周辺を整備することも視野に入れておこう。

村の入口に全員を集め、さっそく出発した。

大所帯だな……歩く速度もバラバラなので、俺はペースを合わせるのが大変そうなポンタさんを抱っこする。

「ポンタさん。湖を知ってるって言ってましたけど……」

「そうなんだな。あそこの湖、この村に来る途中に立ち寄ったんだな。おっきくて綺麗で水も美味しかったんだな」

「へぇ〜……魚もたくさん泳いでます？」

「大物がいっぱいなんだな‼」

これは期待できる。

釣りはけっこう好きだし、新しい俺の憩いの場になるかも。

それにしても……ポンタさん、もっふもふだな。ぬいぐるみを抱いてるみたいだ。

「……いいなぁ」

「ミュディ、お兄ちゃんに変わってもらえば？」

「うう……」

ミュディが俺を羨ましがってるのがよくわかった。それとシェリー、悪いが俺もこれは譲《ゆず》らん……だって気持ちいいしね。

「にゃんにゃんにゃにゃ〜ん♪」

「らんらんらら〜ん♪」

『らんらんらら〜ん♪』

ミュアちゃん、クララベル、フィルは大はしゃぎ。

そういえば、こんな大人数で出かけることってあまりない……というか、ミュアちゃんは勢いで連れてきちゃったけど、シルメリアさんに怒られないのかな。

「釣り釣り〜♪　ねぇローレライ、あんたは釣りとかする？」

一方、こちらはエルミナとローレライの会話。

「釣り……やったことないわね。魚が食べたい時は変身して直《じか》に潜《もぐ》って食べるから……」

「だめだめ。釣りは楽しいわよ？　私の道具貸してあげるからさ、一緒にやりましょ‼」

「エルミナ……うん、いろいろ教えてちょうだい」

二人ともすごく仲良くなってる。

ハイエルフと龍人が一緒に釣りをする。たぶん、初めての光景だろうな。

「釣りか……バルギルド、やったことあるか？」

「ない。魚自体も食べたことがほとんどない」

「確かに……オレたちは肉食だからな」

「ああ。湖でどんな魚が釣れるのか興味がある」

「そうだな……家族の土産《みやげ》も欲しいな」

バルギルドさんとディアムドさんはなんか静かだ。大人の男ってこんな感じなのかな。

俺はハイエルフたちが釣った魚を食べることがあるけど、バルギルドさんたちの食卓には肉ばかり並ぶらしい……飽きないのか？

村から歩くこと一時間……思いのほか遠かった。

ようやくバルギルドさんが見つけた湖に到着した。

「つ、着いた……はぁ〜、疲れた」

「そうだね……でも、見てアシュト。すっごく綺麗……」

「ほんとだ……というか、広いな」

木々をかき分けて到着した湖は、広大だった。

砂利《じゃり》の広場の先には綺麗な青い湖が広がっている。俺が過去に見たことのある湖は小さく、しかも藻《も》が大量に発生していたので緑色だった。その上少し臭かったし。

でも、目の前の湖はとても綺麗な青色だ……すっげぇ。

「よーし、へ～んし」

「クララベル、駄目よ」

「きゃうっ!?」

変身しようとしたクララベルの首根っこを、ローレライが掴む。

「湖に何がいるかわからないのに、迂闊《うかつ》に変身して飛び込むと……」

「と、飛び込むと……？」

「食われるわよ」

「ひっ……」

迫真の表情で脅すローレライ……怖い。

それから、みんな思い思いに動きだした。

エルミナはさっそく釣り道具を準備し、シェリーはそれを眺めている。

ミュアちゃんはポンタさんと一緒に水に触って大はしゃぎ。空を飛ぶフィルにかけようとバシャバシャやるが、フィルは華麗に旋回して回避している。

バルギルドさんとディアムドさんは、やや離れた場所で腕を組んで湖を見つめ……

「みんなーっ!!　まずはお弁当にしよーっ!!」

ミュディの一言で、全員が集まった。

◇◇◇◇◇

ミュディの弁当を食べ、自由時間にした。

エルミナとローレライは釣りを始め、シェリーとクララベルもそれに参加。ミュディは歩き疲れたのかポンタさんを抱きしめて昼寝。ポンタさんもそれに付き合い、バルギルドさんとディアムドさんは周囲を警戒していた。

俺はフィルを肩に乗せ、ミュアちゃんと手を繋いで湖の周りを軽く散歩した。

「本当に広いな……」

『お花は咲いてないけど気持ちいいねー』

「にゃあ。おさかな食べたくなってきたー」

「はは。でも、湖もかなり深そうだし、ポンタさんの言う通り大物も……お？」

湖の奥に、大きな島があるのが見えるな。

行ってみたい……うん、決めた。大きな船を造ってこの湖を回ってみよう。

船……ビッグバロッグ王国にいた時は、公園にある貸し舟に乗ったことがあるくらいだ。あれは小舟《こぶね》だし、自分で漕《こ》がないと進まない。

でも、今は違う。

デーモンオーガのお二人に漕いでもらえば、巨大な船だって動かせるだろう。ゆくゆくは、村の住人を乗せて船でのんびり遊覧……おお、考えれば考えるほど楽しそう!!

「よし、船を造ろう」

「ふね？」

「うん。あそこに見える小島、行ってみたいと思わない？」

「いきたい!!　にゃあ!!」

『わたし、飛んでいけるけどー』

「あ、ダメダメ。一人で行くなよフィル、楽しみがなくなる」

『はーい』

さっそく、みんなを集めて相談する。すると、全員が賛同してくれた。

造り手はドワーフたちがいるので安心だし、漕ぎ手もバルギルドさんとディアムドさんがいる。

不安はないに等しいぞ!!

湖の調査を終え、夕方前に村に戻ることにした。

「船か……面白くなってきた」

最後に、俺は湖を見つめ——

『助けて――』

「……へ？」

なぜか、助けを求める声を聞いた……気がした。

第二十三章　船を造ろう

村に帰った俺は、さっそくアウグストさんに相談してみる。

内容はもちろん、湖を散策する大きな船のことだ。が……話し終えると、アウグストさんは困ったような表情になる。

「船、か……むぅぅ」

「あ、アウグストさん？」

「いや、その……オレたちエルダードワーフは穴倉で生活してたからよ、小舟ならともかく、大人数が乗れるデケェ船は造ったことがねぇんだ……すまねぇ」

「え」

誤算だった。

村最高の造り手であるエルダードワーフが造れないなんて……アウグストさんたちが無理なら、他に造れる人はいない。

なんてことだ……計画が早くも潰《つい》えてしまった。

仕方なく家に帰ることにした。とりあえず、ミュディたちに報告しないと。

「はぁ……大きな船で湖をのんびり回る計画が」

とぼとぼと歩き、これまで考えていたことを思い出す。

船上で釣りを楽しみ、釣った魚をシルメリアさんにその場で調理してもらいみんなで食べる。ご飯のあとはのんびり湖を眺め、水面を跳ねる魚を見てキャッキャと騒ぐ……うん、きっと楽しいな。

「ま、ないものねだりしても仕方ないか……」

「おほんっ!! あー、ごほんごほんっ!!」

「もし船があったら釣りはできるし、湖までの道を整備して……あ、ドワーフに桟橋《さんばし》を造ってもらおう。あと、休憩小屋を近くに造って」

「げーっほん!! あーあー、おっふぉん!!」

「水質は綺麗だけどけっこう深そうだし、泳げないよな……まぁ足だけ浸けるとか。きっと冷たくて気持ちいいだろうなぁ……」

「げーっふぉん!! げーーーーーっふぉおおおおおんんんっ!!」

「ん……？」

やたら咳《せ》き込む人が近くにいると思ったら……ディミトリだった。

「あ、アシュト村長……ワタクシを無視しないでほしいですねぇ!!」

「え、あ、ごめん」

全然気が付かなかった……なんかごめんね。

とりあえず、咳き込みすぎてむせているディミトリの話を聞く。

「で、なんか用事？　ってか村に来てたのか」

「ええ……そこで偶然、アウグスト氏とアシュト村長の話を小耳に挟んでしまいましてねぇ」

「………盗み聞き？」

「滅相《めっそう》もない!!　たまたまでございます!!　で、なんでも船が必要だとか？」

「まぁ……そうだけど」

「でしたら、ワタクシが船を手配しましょう!!　少々お高いですが……セントウ酒千本でいかがですか!!」

「え、無理」

「即答ぉぉ!?」

「いや、さすがに千本はちょっと……」

すると、ディミトリはボソッと言った。

「ぐ、ぬぅぅ……ベルゼブブで高騰《こうとう》しているセントウ酒を大量に手に入れるチャンスが」

ははーん……つまり、船はセントウ酒千本の価値があるってことか。

まぁいいや。どの道千本なんて無理だし……ん、待てよ？

ちょっといいこと思いついた。

「なぁディミトリ、千本は無理だけど十本くらいで欲しいのがあるんだ」

「ほ、なんでしょう？」

さてさて、希望が出てきたぞ。

◇◇◇◇◇◇

数日後の早朝。俺はエルダードワーフが集まる事務所に向かった。

事務所に入ると、アウグストさんと数名のエルダードワーフ、そしてグラッドさんと数名のサラマンダー族が今日の打ち合わせをしている。

サラマンダーたちは俺を見ると立ち上がり、中腰の姿勢で頭を下げた。

「おはようございます。叔父貴《オジキ》」

「「「「おはようございまーっす!!」」」」

「お、おはようございます」

相変わらずサラマンダーたちは低姿勢だ。俺なんかにペコペコしなくていいのに。

おっと、俺の用事はサラマンダーたちにではない。まぁ彼らにも手を貸してもらうけどな。

「アウグストさん!!」

「ん、おお村長。でけー声出してどうした？」

「いえ、お願いがあってきました!!」

「お願い？」

「はい。まずはこれを……」

俺は持っていた羊皮紙の束《たば》をテーブルに広げた。

そこには、俺にはまったく理解できない図形や文字がびっしり描かれている。

だが、アウグストさんはすぐにわかったようだ。

「こいつぁ……図面か？」

「はい。ディミトリに手配してもらった『船の図面』です」

そう。知識はなくても技術はある。

図面さえあれば、アウグストさんたちの手で船を造れるんじゃないかと思い、ディミトリに依頼して二十人ほどが乗れるサイズの船の図面をいくつか用意してもらったのだ。

ちなみに、持ってきたのは図面だけじゃない。

「あと、これは船の模型です」

「ほぉ、こんなモンまで」

手のひらサイズの模型をテーブルに置く。ちなみに、これもディミトリに頼んだ物だ。

アウグストさんは図面を睨む。ディアボロス族しか使っていない文字や記号は、ディミトリに翻訳してもらったから大丈夫だと思うけど……どうかな？

顔を上げたアウグストさんは、他のエルダードワーフに図面を渡した。そして、腕を組んでニヤッと笑う。

「なかなか面白《おもしれ》ぇじゃねぇか。ディアボロス族の造船技師はかなりのモンだ」

「え、じゃあ……アウグストさんたちにも造れますか？」

「おう。やったことねぇ仕事だがなんとかなるだろ。なぁおめぇら!!」

「「「「おう!!」」」」

エルダードワーフたちは『面白《おもしれ》ぇ!!』と言わんばかりの表情で、小さいながらもマッチョな二の腕をムキムキっと硬くさせた。何この人たち、めっちゃ頼りになるんですけど!!

これで、船造り問題はクリアした。

◇◇◇◇◇◇

エルダードワーフとサラマンダー族による船造りが始まった。

職人の仕事に俺みたいな素人は参加できない。なので、ディミトリと一緒に作業を見守る。

「ディミトリ。図面の手配、ありがとな」

「いえいえ。セントウ酒十本の仕事とは思えないほど楽な作業でした」

「……そういうの、俺に言うことじゃないだろ」

「おっと失礼。フフフフフ」

この野郎。まぁいいや……ディミトリのおかげであることには変わりない。

すると、フィルが俺の肩に止まった。

『アシュト、船ができたら一緒に乗れるの？』

「ああ。みんな一緒に湖を回れるんだ」

『ん～楽しみ‼　そこの黒い胡散臭い人も一緒？』

「え、ああ……うーん」

「アシュト村長⁉　なぜそこで躊躇《ためら》うのでしょうか⁉」

「じょ、冗談だって。なぁフィル」

『んー、あたしは嫌だな』

「は、花の妖精とは思えないほど毒舌ですなぁ……ワタクシ、ちょっと悲しいです。ところでフィルハモニカ様。あなた方の作る『花妖精の蜜《フェアリーシロップ》』ですが、ぜひ商品化を……」

『いや‼　あんた嫌い‼』

「まぁまぁそう言わず‼　ささ、まずはお茶でも飲みながら」

『い、や‼』

フィルは俺の頭にしがみつき、ディミトリを威嚇《いかく》した。

やれやれ、ディミトリの商魂《しょうこん》たくましいことは素直に褒めるしかないな。

『湖を船でのんびり計画』は、順調に動き始めた。

船には詳しくないが、ディミトリの持ってきた図面は『帆船《はんせん》』と言うらしい。

風の力を利用して船を動かすそうだが、詳しいことはよくわからない。とりあえず、風はハイエルフたちが魔法で起こせるし、それ以外でも巨大な櫂《かい》で漕いで進むことができる。もちろん漕ぐのはデーモンオーガ……船が壊れないか逆に心配だ。

建造する予定の船は二十人以上乗れるほど広く、多少狭いが床下には船室まである。まぁ、のんびりするのが目的だから広いのはありがたい。

船の帆《ほ》を開く手順が意外とややこしいようだが、その辺りはサラマンダーたちにやってもらう予定だ。というかアウグストさんたち……図面を見ただけで帆の開き方とか船の構造を理解してしまった。相変わらずとんでもない職人だ。

◇◇◇◇◇

二十日後。

建造も順調に進み、村の一角では、森の中に不釣り合いな船が完成しつつあった。

俺はディミトリと一緒に船を見上げる。

「すげぇ……まさか、こんなにデカいとは」

「いやはや、ワタクシも驚きました……さすがエルダードワーフ、ディアボロス族の職人たちが百人規模で行う仕事を、半分以下の人数でここまで早くこなすとは」

カンカン、ギコギコと槌とノコギリの音が響く。

そうこうするうちに、船に大きな柱ことマストを取り付ける段階になる。マストの帆はミュディと魔犬族の少女たちが作った物で、やはりみんな船を楽しみにしているらしい。

ってか、あんな大きいのをどうやって取り付けるんだ？　あ、よく見ると……マスト、バルギル

ドさんが片手で持っている。アウグストさんの指示で船体にブッ刺した。

「もうすぐ完成だな」

「ええ。フフフフフ……アシュト村長、船の設計図を手配したワタクシのことを忘れずに!!」

「はいはい。感謝してますよ」

恩着せがましい奴め……まぁ、設計図がありがたかったのは事実だ。

こうして、『湖を船でのんびり計画』の要《かなめ》である船が完成した。

◇◇◇◇◇

「というわけで、船が完成しました。さっそく明日、湖に浮かべて乗ってみたいんですが……」

夜。俺の家に各種族の代表を集め、ささやかながら船の完成食事会を開いていた。

作業を頑張ってくれたエルダードワーフとサラマンダー族には、たっぷりとお酒をプレゼントした。今頃、みんなで宴会を行っているだろう。

食事の前に、確認作業をしておく。

「バルギルドさん、ディアムドさん。その、船を運ぶことってできますか?」

「問題ない」

「……自分で言っておいてなんですけど、マジで持てるんですか？　デカいし、重そうだけど……」

「引きずるなら一人でも問題ないが、持ち上げるのは難しい。だが、ディアムドと二人がかりなら、あの大きさの船が二つあっても持ち上げられるだろう」

「………」

いや、その計算おかしくね……？　とは言えない俺。まぁ持てると言うなら信じよう。

湖までの道は、俺の『樹木移動《ツリームーヴ》』で木々を避けながら進めばいい。

船の性能に関してはまったく心配していない。だってエルダードワーフの仕事だし……手抜きはまず考えられない。沈むこともないだろう。

「船に乗るのは、俺と……」

「はいはい!!　ハイエルフを代表して私が乗りまーす!!」

「お兄ちゃん、あたしも乗るからね!!　ミュディも!!」

「しぇ、シェリーちゃん……えっと、その、わ、わたしも乗るよ!!」

「もちろん私も……」

「はいはーい!!　姉さまが乗るならわたしも乗るっ!!」

「ボクも乗りたいんだな!!」

エルミナ、シェリーとミュディ、ローレライとクララベルが立候補して乗船決定。ぴょんぴょん跳ねるポンタさんも乗ることに……可愛すぎるだろ。

すると、俺のそばに来たウッドが服の袖をクイクイ引っぱってきた。

『ウッドモ!!　ウッドモイク!!』

「よしよし。じゃあウッドもだな。えーっと、あとはいざという時のために整備係としてアウグストさん、そして櫂の漕ぎ手としてバルギルドさんとディアムドさん。操船にグラッドさんとサラマンダー族にも乗船をお願いします」

「いいぜ。船なんて造ったのは初めてだからな、いろいろ確認してぇ」

「漕ぐ、か……経験がないな。ディアムドは？」

「オレもない。だが、力仕事なら問題ないだろう」

「叔父貴《オジキ》たちの命、預かりやす」

と、いうわけで船に乗るメンバーは……

『はいはーい!! アシュト、あたしを忘れないでよねっ!!』

「っと、はいはい。フィルも一緒だな」

これで決まった。

俺、ミュディとシェリー、ローレライとクララベル、ウッドにエルミナ、ポンタさんとアウグストさん、バルギルドさんとディアムドさん、そしてフィルの十二人。そして船の操作をするサラマンダー族がグラッドさんを入れた十名、合計二十二名だ。ディミトリは仕事の都合で来られないとのこと。まあ後日乗る機会もあるだろう。

けっこうな大人数だが、船の大きさに問題はない。明日は試運転といこうじゃないか。

「試乗は明日です。では、よろしくお願いします」

さて、話はおしまい……これから食事会だ。

シルメリアさんと手伝いの銀猫数人が食事とお酒を運び、食事会が始まった。

「………にゃあ」

俺は気付かなかった。

この話を聞いていた、小さな銀猫がいたことに。

第二十四章　ウンディーネの呼び声

翌日。バルギルドさんとディアムドさんは普通に船を肩に担いだ。

「む、意外と軽いな」

「ああ。そうか、中は空洞《くうどう》になっているから……見た目に騙されたな」

「ははは。だが、せっかくだし二人で運ぶか。初の共同作業だ」

「そうだな……」

いやいやいや……なんでそんな余裕そうなの？

「よっこいしょ、あれ？　この木箱、思ってたより軽いんだな」と言わんばかりに船を担ぐ姿に仰《ぎょう》天《てん》しつつ、俺たちは湖へ出発した。

俺が先頭に立ち、『樹木移動《ツリームーヴ》』で木々を避ける。罪もない木々を倒すわけにはいかないからね。

建築のために切るのはまた別の話だけど。

「釣り釣り〜♪　船の上で釣り〜♪」

上機嫌なエルミナに、シェリーが話しかける。

「今回はあたし、ディミトリの館で交換した自分の道具を持ってきたわ。エルミナ、勝負よ‼」

「お、シェリー……釣り歴たぶん八千年の私に勝負を挑むなんて、実に無謀《むぼう》ね……」

「そんなこと言って。この前はローレライに負けたじゃない」

「う、うるさい‼」

エルミナとシェリーは釣りが楽しみのようだ。船上での釣りは面白そう。

「姉さま、湖で泳ぎたいな……」

「ダメよ。安全が確認できるまで、変身は禁止」

「うぅ……はーい」

「まぁ、湖畔でなら大丈夫かもね……その時は一緒に水浴びしましょう」

「やたっ‼　姉さま大好きっ‼」

「はいはい……ふふっ」

クララベルはローレライに抱きつき、ローレライはクララベルを撫でる。

うんうん。仲良し姉妹は今日も楽しそうだ。見てて俺も嬉しいよ。

そして、意外な組み合わせ。アウグストさんとミュディ、そしてグラッドさんだ。

「おう、ミュディの嬢ちゃん。船の帆作り、ご苦労だったな」

「いえ。とっても楽しかったです」

「それと、ちと頼みがある。作業用の手袋を作ってくれねぇか？　サラマンダーの連中は手の皮が分厚いから問題ねぇんだが、ワシらはたまに怪我するからな」

「わかりました。サイズを計るので、今度わたしのところに来てくださいね」

「おう。頼んだぜ」

「お嬢、オレらサラマンダー族にできることがあれば、なんなりと申し付けください」

「ふふ、グラッドさん、ありがとうございます」

ミュディの仕事も、村で必要とされている。俺にはそれがとても嬉しかった。

俺のそばには、ウッドとフィル、そしてポンタさんがいる。

『アシュト、湖すっごく楽しみだねー』

『タノシミ、タノシミ!!』

「船に乗ったブラックモールは、ボクが初めてかもしれないんだな。楽しみなんだな!!」

「今日は試運転だからそんなにずっとは乗らないけど……それでも、うん。確かに楽しみだ」

俺は振り返り、バルギルドさんとディアムドさんが担ぐ船を見上げる。

一軒家よりも大きな船を湖に浮かべ、それに乗ってのんびり進む……想像しただけで気持ちよさそうだ。

「さて、湖までもう少し!!」

『アシュト、頑張れー!!』

『アシュト、アシュト、ガンバレ、ガンバレ!!』

「おう。俺の魔法で道を切り拓《ひら》くぞ!!」

俺は杖を握り、『樹木移動《ツリームーヴ》』を発動させた。

◇◇◇◇◇

湖に到着した。

相変わらず綺麗で広い。湖は今日も青く、気持ちのいい風が吹いている。

バルギルドさんとディアムドさんは湖畔まで進む。

「行くぞ」

「ああ……っふんっ!!」

二人の筋肉がムキムキムキッと盛り上がり、船が宙を舞う。

そして、着水……とんでもない水飛沫《みずしぶき》が上がったが、サラマンダーたちが俺たちの壁になってくれたので、濡れることは免《まぬが》れた。

船は、湖畔にプカプカ浮いている……が、ちょっと困った。

「あの、どうやって乗ればいいんですかね……?」

「心配すんな。なんのためにワシがいると思ってる」

と、アウグストさんがサラマンダー族に言う。

「おめーら、手を貸せ。木材は山ほどあるからな。船に乗り込む桟橋を作るぞ」

「「「「へい、親分」」」」

アウグストさんとサラマンダー族十名は、あっという間に船に乗る桟橋を作り上げた。

湖畔から船までの橋を渡り、乗船する。

思った通り、船の甲板《かんぱん》はとても広い。俺たち全員が乗ってもまったく問題ない。

すると、グラッドさんが大声でサラマンダー族に指示を出した。

「おめーら、配置に付け!! いいか、練習通りにやるんだぞ!!」

「「「「ウィィッス!!」」」」

「うおっ……び、びっくりした」

サラマンダー族が散り、甲板の各所へ分かれる。

さっそく出航するのか、サラマンダーたちは船に括り付けられているロープを外していく。すると……帆がブワサッと開いた。

「おぉ～……す、すっげぇ」

「大きい……これ、ミュディたちが編んだ布だよね？」

驚いたように言うエルミナに、ミュディが答える。

「そうだよ。ちなみにこれ、帆って言うの。このサイズは苦労したけど、すっごく楽しかったよ」

全員が帆を見上げていると、ちょうどよく風が吹く。

そして、帆が風を受け、船はゆっくりと動きだした。

「すっご～い!! 姉さま姉さま、船が動いた!!」

「ええ……自分で飛んだり泳いだりするのとは違うわね」

ローレライとクララベルも感動していた。

シェリーとウッドは船の柵に掴まり湖面《こめん》を見つめ、バルギルドさんとディアムドさんは船首で風を受け、アウグストさんはサラマンダー族の仕事ぶりを監督し、船体に異常がないか細かくチェックしていた。

「……ん？」

と、その時、俺は船室に続くドアが開いたことに気付く。そして、見覚えのある小さな人影がふらりと現れた。

小さな人影の正体に全員が注目し……とても驚いた。

「え……みゅ、ミュアちゃん？」

「にゃう……お船、すっごく揺れたー」

「な、なんでここに？　ま、まさか……」

「にゃあ。最初から乗ってたの……ごめんなさい、ご主人さまと一緒にいたかったから」

「ミュアちゃん……」

俺は、ネコ耳が萎れてしまったミュアちゃんの頭を優しく撫でる。

ネコ耳はとてもふわふわして気持ちいい。軽く揉むとミュアちゃんはとろーんと蕩《とろ》けてしまう……うん、可愛い。

「ま、来てしまったのは仕方ない。ミュアちゃん、あとでシルメリアさんに謝ること。いいね」

「にゃう……わかったー」

「よし。じゃあ、みんなで船を満喫しようね」

「にゃあ!!　ありがとうご主人さま!!」

ネコ耳もぴーんと立ち、いつものミュアちゃんに戻った。

さて、思わぬお客さんだったが……ようやく船は出発する。

◇◇◇◇◇

とりあえず、船の調子を確かめるために湖の中ほどまで進むことにした。

湖の中心には島があり、その手前辺りまで進んで『錨《いかり》』という塊を湖に落とす。この錨は船を定位置に固定するための道具で、鍛冶担当のエルダードワーフ、ラードバンさんの作品だ。

錨と、それを繋ぐ鎖《くさり》は特別製で、村の鉱山で発掘されたミスリル製だ。水に浸けても錆《さ》びないし、硬度も鉄より硬い。加工が難しいのが難点だが、そこはエルダードワーフの腕の見せどころだ。

俺はウッドと一緒に湖面を眺めていた。

「すごい透明な水だ……浅くはないのに底まで見える」

『キレイ、キレイ……』

ウッドも感動しているのか、柵から身体を乗り出していた。ポンタさんはウッドに負けじと柵に飛びつくが、身長が足りず足をバタバタさせている……いや、ほんと可愛いわ。

するとフィルが水面ギリギリを飛び、水飛沫を浴びているのが見えた。

『きゃーっ!!　すっごく気持ちいいよーっ!!』

「おいフィル、危ないぞーっ!!」

『へいきへいきーっ!!　きゃはははーっ!!』

フィルは湖を満喫していた。

と、船の側面に空いた丸い穴から、細長くて先端が広がった棒がにゅっと出てくる。同時に錨が上げられた。

「あ、あれ……船を漕ぐ『櫂』だな。ってことは……バルギルドさんとディアムドさんかな？」

櫂は水面と平行にしたまま停止し、ゆっくりと後方へ。

そして……鬼のような叫び声が聞こえてきた。

「おぉぉあっ!!　おぉぉあっ!!　おぉぉあっ!!」

「がぁぁあっ!!　がぁぁあっ!!　がぁぁあっ!!」

「うぉぉぉっ!?　ちょっ、速い速い速いっ!!」

船の速度が一気に上がった。

すぃ〜〜〜っと進んでいた船が、ぎゅぃぃぃぃぃぃぃーーーんっ!!　といった感じで速度を増し、たまらず俺たちは柵に掴まる。

その時、アウグストさんが叫んだ。

「バッカ野郎!!　力加減を考えて漕げ!!」

怒鳴り声が響いた途端、櫂の動きがピタっと止まる。

船は減速し、ようやくのんびりとした速度に戻った。

続いてバルギルドさんとディアムドさんが床下の戸を開けて出てきて……この惨状に申し訳なさそうに頭を下げる。

「す、すまん……」

「ち、力加減を誤った……」

俺は他のみんなが無事か甲板を見渡して確認する。

ミュディとシェリーはマストにしがみつき、ローレライとクララベルは平然と立っていて、エルミナは床に置いてあったロープの束に突っ込んでバタバタもがき、ウッドは根を伸ばして柵に掴まり、ポンタさんはコロコロ甲板を転がって、サラマンダー族は船のバランスを取ろうと必死にロープを掴んでいた。

俺とフィルはウッドの根に支えられて無事だったけど……あれ？

「みゅ、ミュアちゃん？　ミュアちゃん!?」

ミュアちゃんがいない。まさか、湖に落ちたんじゃ……嘘だろ。

真っ青になって周囲を確認したら、マストの上から声が。

「にゃうーっ!!　ご主人さま、ここだよーっ!!」

「え……あ」

ミュアちゃんは、マストに上っていた……いつの間に。

そして、高さ十メートルはありそうなマストから飛び降り、重さを感じさせない着地をした。

「にゃう。すっごくたのしかったー」

「……よかった」

「にゃ？」

俺はミュアちゃんを撫で、ほっと胸を撫で下ろす。

バルギルドさんとディアムドさんは、アウグストさんに説教されていた。

「いいか!!　おめぇらの力加減を考慮した造りとはいえ、あんまり無茶すんじゃねぇ!!　この水の深さで沈んだら全員死んじまうことだってあるんだぞ!!」

「「……………」」

「ったく、櫂の強度も上げねぇと駄目だな。鉄で補強するっきゃねぇか……」

「「……す、すまん」」

「ま、問題点も見えたし今回はいい。次から気ぃつけな」

「「…………はい」」

この二人を説教できるアウグストさんってすごい。そしてうなだれて説教されるバルギルドさんとディアムドさん……こんなの初めて見たな。

ミュディとシェリーが俺のもとへ来た。

「すっごく驚いたね……でも、ちょっと楽しかったかも」

「センティの背中を思い出したわ……あたしは、今の速度はもう勘弁」

やや笑顔のミュディと、げんなりした表情のシェリー。

「俺もあんまり速いのはちょっと……」

「ちょっと!!　こっち助けなさいよーっ!!」

「お、エルミナ……って、なにやってんだあいつ？」

エルミナはロープに絡まったまま、まだバタバタしていた……って、おい。

「アシュト、あっち向いてなさい」

「お兄ちゃん、見ちゃダメ!!」

「わ、わかったよ……あっちは任せる」

エルミナは、ロープに絡まったおかげでスカートがめくれ……これ以上は言わないでおく。

俺はエルミナ救出に向かったミュディたちを見送り、ローレライとクララベルに歩み寄る。

「お前たち、平然としてるな」

「ええ。私とクララベルなら、もっと速く飛べるわ」

「えへへー、お兄ちゃん、あとで背中に乗せてあげるね!!」

「あ、ありがとう……」

悪いが、あれ以上のスピードは遠慮したい。

とにかく、全員無事みたいだな。船に異常箇所もないようだ。

ホッと一息ついて一人で湖面を眺めていると……

『――助けて』

「は？」

この前聞いた気がした、助けを求める声が再び聞こえた。

まさかと思い、湖面を眺める。

そして、見た。

『助けて……』

「え」

水面が波打った。

続いて水がブワッと盛り上がり、そのまま水の塊が俺の目の前に来る。

水の塊は人の形を取った……水色で半透明の身体、下半身は二股に分かれた魚の尾のようになっている。透き通った身体の中に、宝石のような物体が浮いていた。

いきなりのことで唖然とする俺。

可愛らしい少女の顔だけど、どう見ても人間じゃない……よな？

俺の目の前に現れた『水のような何か』は、両手を組んで言った。

『お願い、助けて!!　このままじゃ私たち……みんな食べられちゃう!!』

「下がれ、村長」

「魔獣か……」

バルギルドさんとディアムドさんがズイッと前に出て、拳をバキバキ鳴らし、めっちゃ恐ろしい顔で水のような何かを睨む。するとその子はワタワタしだした。

『まま、待って待って!!　私は魔獣じゃないよ、『水妖精《ウンディーネ》』のミズキだよぅ!!』

「バルギルドさんとディアムドさん、ちょっと待って。この子の話を聞いてみましょう」

ミズキと名乗った水のような何かは、『ウンディーネ』と言うらしい。

俺は震えるミズキにそっと手を伸ばしてみた。

「大丈夫。俺たちはちょっとこの湖を散歩してただけで、悪いことはしないよ」

『わかってるよぅ。あのね、私たちを助けてほしいの!!　私たちウンディーネが消えちゃうかもしれない!!　お願い、助けて!!』

「お、落ち着いて。とりあえず……」

俺がアウグストさんを見ると、彼は俺の意図を察してサラマンダーたちに指示を出した。

「錨を下ろすぞ!!　野郎ども、作業にかかれぇぇっ!!」

「「「「うぃぃーーーっす!!」」」」

今更だが、この船の船長は実質アウグストさんだよな。

サラマンダーたちが錨を下ろす。

船を固定したあと、ミズキの話を聞くために全員が集まる。

ミズキは俺たちを見て、感心したように声を上げた。

『わぁ〜、いろんな種族がいっぱい!!　前にここに来たことあるよね？』

「ああ。って、見てたのか？」

『うん。ここ、大きな湖だけど誰も来ないの。ちなみに、湖の底に大きな穴があって、そこから海に繋がってるのよ』

「へぇ……海かぁ」

海。俺は見たことないなぁ……本で読んだことはあるけど。

すると、エルミナが言う。

「あなた、ウンディーネって言ったわよね？　私も数千年ぶりに会ったわね……」

「知ってるのか？」

「うん。妖精種……フィルみたいなもんね」

そのフィルは俺の肩に座っていたが、ミズキの方にスイ～ッと飛んでいく。

『あたしは花の妖精。この子は水の妖精ね。ふふ、お友達になれるかな？』

『わぁ!!　お花の妖精さんとお友達？　嬉しいな、嬉しいな♪』

『あたしも嬉しい♪　今度あたしの仲間をいっぱい連れてくるね』

『うん!!』

フィルはミズキと一緒にクルクル踊る。

水と花の妖精のワルツはなんとも神秘的……じゃなくて、ミズキの用件はなんなんだよ。

ローレライも同じことを思っていたのか、ゴホンと咳払いして口を開く。

「あなた、私たちに用事があったんじゃない？」

『はっ……そうだった!!　あのね、助けてほしいの。私たちウンディーネじゃどうにもならないの……お願い』

「助けるって、何に困ってるの？」

クララベルが首を傾げて聞く。

ミズキは、水晶《すいしょう》のような目からポロポロ涙を流した。

『この湖、とっても綺麗でしょ？　私たちウンディーネは澄んだ水の中じゃないと生きられないの……でも、つい最近、海から大きな魔獣がここに流れ込んできて、私たちウンディーネを、た、た……食べちゃうの』

「え……」

その言葉を聞いたミュディが口元を押さえる。俺もなんて言っていいのかわからない。

そして、シェリーが険《けわ》しい表情で言った。

「なるほどね……お願いってのは、その魔獣退治ね」

『うん……ひっく、私の友達も、食べられちゃって……ひっく、あのおっきな、ナマズの魔獣……えっぐぅ……怖いよぉ』

「………」

俺は振り返り、この場にいる全員に確認した。

「みんな、俺はこの子を助けたい……力を貸してくれますか？」

答えは、聞くまでもなかった。

「当然」と、エルミナ。

「魔獣退治ね。あたしの氷魔法の出番かしら」と、シェリー。

「私のブレスでも凍らせられる。私もシェリーのお手伝いができそうね」と、ローレライ。

「わたしもやる!!」と、クララベル。

バルギルドさんとディアムドさんは首をゴキゴキ鳴らし、サラマンダーたちは怒りで体温が上昇、アウグストさんは表情を険しくして、ポンタさんは可愛らしく両手をパタパタさせていた。

ウッドとミュアちゃんもやる気になってたけど、危ないのでこの子たちは船室に避難させておこう。

「アシュト。わたしも頑張る……この子を助けよう!!」

「ミュディ……ああ、そうだな」

こうして、『湖を船でのんびり計画』改め、『ウンディーネを救え計画』が始まった。

第二十五章　ウンディーネを救え

「さて、詳しい話を聞かせてくれ」

『うん……』

俺たちはミズキから改めて話を聞いた。

この湖はウンディーネたちが住むには絶好の水質らしい。だが、つい最近になって海から大きなナマズがやってきたそうだ。

ナマズはウンディーネたちが食べる魚や貝を食い荒らした。そして、ついにはウンディーネまでも食べるようになり、味を覚えてしまったとのこと。今ではナマズのエサはウンディーネになっている……なんとかしないと。

ウンディーネたちは住処《すみか》を放棄することも考えたが、やはりこれだけの広い湖を捨てることはできず、ナマズから隠れながら生活しているらしい。

『私、あなたたちがこの湖に遊びに来たのを見て……もしかしたら助けてくれるんじゃって思って……お願い、私……食べられたくないよぉ』

ミズキはグスグス泣きだしてしまった。ずっと怯えながら暮らしていたんだろう。

このまま震えて暮らすなんて……そんなこと、させられない。

『あのね……そのナマズ、毒を持ってるの』

「え、毒？」

『うん。あのナマズの身体、すっごくヌメヌメしてて、それが水に溶けて毒になってるの……こんなきれいな湖なのに、ナマズのせいで段々汚れていって……ひっぐ』

「な、泣くなよ……大丈夫。俺たちに任せろって」

『……うん』

ミズキは顔を拭った。

さて、どうするか……一応だけどみんなに聞いてみる。

「えーと、誰か水に入ってナマズを倒せる……わけないよな」

「アシュト、あんたバカ？」

「う、うるさい。じゃあエルミナ、何か案があるのかよ？」

「当・然!!」

エルミナは腕を組んでニヤリと笑う。

全員が注目したのを確認し、エルミナはカッコつけて親指でクイッと、ある道具を指さした。

それは……釣竿だった。

「昔から魚を獲《と》るには釣りって決まってんのよ」

「エルミナ、お前バカか？」

「はぁぁぁぁっ!?　つーかあんたに言われんの、すっごく頭に来るんですけど!!」

「いや、ウンディーネを食べるんだぞ？　サイズを考えろよ。なぁミズキ、ナマズってどれくらい大きいんだ？」

『えーっとね……』

ミズキは船の後部まで飛んで叫ぶ。

『ここからー……』

そして、船の前方のずーっと先まで行って叫ぶ。

『ここまで!!』

その距離、ざっと百メートル……いや、デカすぎだろ。

エルミナはプルプル震え、ほっぺを膨らませて赤くなってる。やれやれ、短絡的な考えだってようやく気付いたか。

だが、何かを考えていたアウグストさんは真剣な表情で口を開く。

「…………待て。エルミナの嬢ちゃんの案、悪くねぇかもしれん」

「え？」

アウグストさんは湖の中央にある島、そして船、そして俺たちを見た。

アウグストさんはニヤリと笑い、俺たちにある作戦を話す。

その内容は驚くべきものだったが……同時に、これしかないと思った。

「どうよ、村長」

「……さすがアウグストさん、としか言えないですね」

『え？　え？　だ、大丈夫なの？』

「安心しろミズキ。俺たちに任せてくれ」

『……あ、うん』

よし、じゃあ……ナマズ魔獣退治、やりますか!!

第二十六章　ナマズ退治

全長約百メートルの巨大ナマズ。正式名称は『バイオヴェルス』という危険な魔獣だ。

体色は毒々しい濃い紫で、身体から分泌《ぶんぴつ》される体色と同じ紫の体液は猛毒である。元の棲息地《せいそくち》は海だが、潮の流れに乗ってこの湖に辿《たど》り着いた。広大な湖には天敵もおらず、餌となるウンディーネたちが豊富。バイオヴェルスはこの湖を新たな棲処《すみか》として悠々自適に過ごしていた。

文句があると言えば、水が綺麗すぎること……だが、自分が泳ぎ続ければ汚染され、棲《す》み心地のいい水質になるだろう。

バイオヴェルスが、餌を求めて湖を彷徨《さまよ》っていると……見つけた。

『や、やばい……みんな逃げろーーーっ‼　ナマズが来たぞーーーっ‼』

『おかーさーんっ‼』

『坊や、はやくこっちに逃げてぇえっ‼』

逃げ惑うウンディーネたち。

逃げれば逃げるほどバイオヴェルスは追いかけて泳ぎ、水はどんどん汚染されていく。

すると、数人のウンディーネたちが苦しみだした。

『うっ……く、苦しいぃ』

『はぁ、はぁ……た、たすけ』

『おかぁ、さぁん……』

餌が弱り、動きが鈍《にぶ》ったところを捕食する……いつものやり方だ。

バイオヴェルスが大きな口を開け、獲物を呑み込もうとすると……

『やめてーっ‼　やーいやーい、こっちだよーっ‼』

一人の小さなウンディーネが、目の前を横切ったのを見た。

小さなウンディーネは、その辺にいるウンディーネと少し違い、布のような物を巻いて口元を隠していた。そして、バイオヴェルスを挑発するように泳いでいる。

『ばーかばーか!! えーっと、お前なんか、ゆぐどらしる? の肥料にしてやるー……だっけ? あと、えーっと……わぁぁきたぁぁーーーっ!?』

バイオヴェルスは、小さなウンディーネを標的にした。

そのウンディーネが普通と違う姿をしていたから。口に布を巻いただけなのだが、バイオヴェルスにはそれが特別なウンディーネに見えたのだ……この魚の知能はそれほど高くない。

『私が引きつけるから、みんな逃げてーっ!!』

『あいつ、ミズキだぞ!?』

『ミズキ、逃げろっ!!』

『だいじょうぶっ!! 怖いけど……がんばるっ!!』

小さなウンディーネ……ミズキは、際限なく体液を出し続けながら追いかけてくるバイオヴェルスから必死に逃げた。

バイオヴェルスをおびき寄せる役目を自ら志願したのだ。彼らに助けを求めた以上、自分だって何かしないと……その気持ちがあるから、ミズキは勇気を出せた。

自分に救いの手を差し伸べてくれた地上の種族たち。みんなが手伝ってくれるならきっと大丈夫。

そして、ミズキは逃げ続け……ついに目的のポイントまで到着した。

『よ、よーし……これで私の役割は最後』

かなり底が深い場所で、ミズキの背後には壁のように崖が立ちはだかっている。

崖を背にしたミズキは、バイオヴェルスと正面から睨み合う。

バイオヴェルスは大口を開け……一気に呑み込もうとした。

だが、バイオヴェルスは気付いていない。追いつめられているのは自分の方だということに。

今まで、釣られたことなどなかったのだから。

『あとはよろしくっ‼』

ミズキは全力で横に泳ぎ、迫り来るバイオヴェルスの口から逃れた。その時、バイオヴェルスはようやく気が付く。

硬い何かを口に入れてしまったことに。

「かかったぁぁぁぁっ‼」

「いくぞバルギルドぉぉぉぉっ‼」

『ウッドモガンバルーーーーッ‼』

バイオヴェルスが呑み込んだのは船の錨。ウッドが両手から根を伸ばし、錨に付いている鎖を絡めて巨大な『釣竿』を作ったのだ。

バルギルドとディアムドは、釣竿となったウッドをがっしり掴み、全身の筋肉を膨張させて全力で引き上げた。

「「おぉぉぉぉぉぉぉーーーーーッ‼」」

恐るべき腕力で釣り上げられたバイオヴェルスは、水面から五十メートル以上の高さまで飛んだ。

そして、バイオヴェルスは見た。

ミズキにおびき寄せられて来た場所――湖の中心近くにある島に、大きな船が停泊している光景を。そして、二体のドラゴンがこちらに向かって大きな口を開けているのを。

『クララベル、あなたから行きなさい』

『はーいっ!! すぅぅ……ガァァァァァッ!!』

『白雪龍《ブランシュネージュ・ドラゴン》』と呼ばれる純白の龍となったクララベルは、その身に合わない紅蓮《ぐれん》の炎を吐いた。

これは父ガーランドから受け継いだ炎である。

バイオヴェルスは本能的に大量の体液を出して威嚇したが、運が悪いことに、バイオヴェルスの体液は可燃性……クララベルの炎を受け、一気に燃え上がった。

『おおー!! 姉さま姉さま、わたしの炎すっごい!!』

『そうね……ふふ、じゃあ次は私』

「ローレライ、あたしもいるからねっ!!」

『ええ。じゃあシェリー、一緒に』

「うん!!」

クリーム色の翼龍、ローレライは、『月光龍《ムーンライト・ドラゴン》』と呼ばれる、ドラゴンロード王国で最も美しいと称されるドラゴンだ。

ローレライは大きな口を開けて息を吸い、母アルメリアから受け継いだ氷の力を解き放つ。

そしてシェリーはローレライの背の上で、魔力を漲《みなぎ》らせて詠唱をし……自分の得意魔法である

『氷』の魔法を放った。

『ガァァァァアアッ!!』

「凍てつけ、『氷結旋風《ブリザード・コフィン》』!!」

氷のブレスと魔法の吹雪が合わさり、絶対零度《ぜったいれいど》となってバイオヴェルスを襲う。

燃えていたバイオヴェルスの身体はカチカチに固まった。もはや、生きているのか死んでいるのかもわからない。

そして地上では、デーモンオーガの二人が向き合い、いつもと変わらない調子で話す。

「今回はお前に譲ろう、バルギルド」

「ああ。そうさせてもらおう」

ディアムドが拳を振りかぶり、バルギルドは跳躍する。

そしてバルギルドは、ディアムドの拳を足場にし、パンチを推進力に変えて思いきり飛んだ。狙いはもちろん、凍りついたバイオヴェルスだ。

「湖を荒らす魔獣よ……運が悪かったな」

そう呟き、バルギルドはバイオヴェルスをぶん殴った。

凍りついたバイオヴェルスは粉々に砕け散り、破片が島に降り注ぐ。

こうして、湖を荒らす巨大ナマズことバイオヴェルスは討伐された。

「よっしゃぁぁぁぁーーーっ!!」

何もしていないアシュトは、とても大きな声で喜んでいた。

◇◇◇◇◇◇

「お兄ちゃん、何もしてないじゃん……」

「う、うるさいな。喜ぶくらいいいだろ……でも、マジでやったな!!」

戻ってきたシェリーとハイタッチ。ローレライとクララベルも降り立って人間の姿に戻っている。

「わ、わたしも何もしてないけど」

「にゃあ。わたしも何かしたかったー」

ミュディが恐縮し、ミュアちゃんは無邪気に言う。

「私はアイデア出したしー」

エルミナは頭の後ろで腕を組んでピーピー口笛を吹いていた。なんかムカつく。でも……とにかく倒した。

ナマズは凍ったままバラバラになり、島に散らばった。蘇《よみがえ》る心配はないだろう。

俺は駆け寄ってきたウッドを抱きしめる。

「ウッド、怪我してないか!?」

『ヘイキ、ヘイキ。アシュト、ボクガンバッタ!!』

「ああ、お前はすごい!!　それにしても、まさか根を束ねてウッド自身を釣竿にするなんて、よく思いつきましたね、アウグストさん」

「すまんな。周りの木じゃナマズの重さで折れちまうかもしれねぇし、この辺りでいっちばん強度がある木はウッドだったのよ。バルギルドとディアムドの力にも楽勝で耐えやがったし……今回はウッドの手柄だぜ」

と、アウグストさんはゲラゲラ笑っていた。

ウッド……というか『植木人《ツリーマン》』の強度がこれほどとは。シエラ様の力で強化されたからだろうか。

『おーいアシュトーッ!!』

「お、フィル。それと……ミズキ」

『…………』

ミズキは、なぜかひどく落ち込んでいた。

ナマズを誘い出す役をやるって言った時は驚いたが、まさかどこか怪我でもしたのだろうか。

ミズキは、悲しそうに湖を見る。

『湖……ナマズのヌルヌルで汚れちゃった』

「あ……」

湖には、岸の上からでもわかるくらいの紫色の汚れが浮いていた。

ミズキを追いかけている途中で、どれほど体液を出したのだろうか……とんでもなく汚染された湖は、酷く油っぽい匂いがした。

ミズキは、悲しげに笑った。

『ありがとね。湖はダメになっちゃったけど……残った仲間たちはみんな無事だったよ。新しい住処を探して移住するね』

「………」

魔獣の脅威は去った。

でも、これでいいのか？　こんな終わりで……せっかく魔獣に怯えなくて済むようになったのに。

その時、俺の肩にふわりと柔らかな手が置かれた。

「アシュトくん、こんな時こそ本を開いて」

「へ？　って、シエラ様？」

「ふふっ♪　植物は陸だけに生える物じゃないわ。さぁ……」

いきなりのシエラ様に全員が仰天していたが、俺はそれらを無視して『緑龍の知識書《ムルシエラゴ・グリモワール》』を開く。

頼む。湖を……ウンディーネたちが住めるような、綺麗な湖に戻してくれ。

＊＊＊＊＊＊＊＊＊＊＊＊＊＊＊＊＊＊＊＊＊＊

『植物魔術』

○浄湖森樹《キュア・マングローブ》

汚～い湖って嫌になっちゃう!!

でも大丈夫。湖のお掃除ならこの樹木にお任せよ♪

ぜ～んぶ綺麗に吸い取っちゃえ!!

＊＊＊＊＊＊＊＊＊＊＊＊＊＊＊＊＊＊＊＊＊＊

ああ、やっぱりあった。

シエラ様はすごい。湖の浄化……植物の力はやっぱり最高だ。

俺は本を左手に、杖を右手に持ち、ゆっくりと水際へ。

『な、なに？』

「ミズキ。お前たちの住む湖はまだ死んでない。俺に任せてくれ」

『え……？』

俺は杖を構え、『緑龍の知識書《ムルシエラゴ・グリモワール》』に書かれている詠唱文を読み上げる。

「母なる大地を流れし水、大地に恵みを与える水、濁《にご》り侵《おか》されたならこっちにおいで、私が綺麗にしてあげる。『浄湖森樹《キュア・マングローブ》』」

俺の杖に小さな光球がポウッと灯《とも》り、ふよふよと湖に飛んでいく。

光球は湖の中心に落ちた。そのまま湖底《こてい》までゆっくりと向かい、溶けるように消える。

それから一分……何も起こらない。

「ぷぷぷー。ちょっとアシュト、なにカッコつけてんのよ」

「あ、あれ？　お、おかしいな。つーかエルミナちょっと黙れ」

ケラケラ笑うエルミナを小突《こづ》こうとした瞬間。

「……あれ？　ねえアシュト、あれなに？」

「は？」

ミュディが指さしたのは、光球が沈んだ辺り。

そこに、小さな幹と緑の葉の植物がぴょこっと生えてる……え。

「ちょ、な、なにこれ……うっそ」

「まぁ……すごい」

「にゃおぉぉーーーっ!!」

シェリー、ローレライ、ミュアちゃんが驚き……いや、全員が驚いていた。

なんと、湖面から細い木の幹が何本も伸びてきたのだ。それらが紫がかった汚れを吸っているのか、水がどんどん綺麗になっていく。

「よ、汚れを吸って浄化しているのか？」

『うっそ……すごい』

『アシュト、スゴイ、アシュト!!』

フィルもウッドも興奮していた。

木々は一定の高さになると成長を止め、どんどん横に広がっていく。まるで湖面にできた森のようになり、水を浄化していった。

と、ミズキがいきなり湖に飛び込む。そして顔を出してはしゃぐ。

『すごいすごい!!　水がすっごく綺麗なの。しかも、この木の根っこが森みたいに広がってる!!』

「わ、わたし……もう我慢できないっ!!　いってきまーすっ!!」

「あ、待ちなさいクララベルっ!!　……もう、仕方ないわねっ」

クラベルが変身して湖に飛び込み、ローレライも慌ててドラゴン形態になって飛び込んだ。

さすがに追えないので様子を見ていると、二頭のドラゴンがたくさんのウンディーネたちを連れて浮上した。

『お兄ちゃん、湖すっごく綺麗!! ウンディーネたちも大喜びだよ!!』

『確かに、この透明度……それに、この木の根、水の中をどこまでも広がってるわ。ふふ、ウンディーネたちの町になりそうね』

どうやら、この『浄湖森樹《キュア・マングローブ》』は大成功のようだ。

みんな大喜びで湖に飛び込む……ことはなかったが、ウンディーネと俺たちの歓声が湖に響く。

そして、ミズキが俺の前に来た。

『ありがとう。本当にありがとう!!』

ミズキの笑顔は、美しい湖の水面よりも輝いていた。

釣り糸と針代わりにした鎖と錨を船に取りつけ直し、改めて船に乗り込む。

この『浄湖森樹《キュア・マングローブ》』がどれほど広がっているか確認しようと考えたし、湖の水がきちんと隅々まで浄化されているか確認しなければならない……ってのは建前。

本当は、湖を自由に泳ぎ回るウンディーネたちによる、お礼のダンスを見たかったのだ。水面から飛び上がり、水を自在に操って俺たちの目を楽しませている。

今、船が走っているのは、ウンディーネたちが水の流れを操って船を自在に操作しているからだ。

この『浄湖森樹《キュア・マングローブ》』の間をスイスイと進める。

ミズキは楽しそうに言う。

『これから船を動かす時は私たちに任せてね!! 楽しいダンスと一緒に、この湖を案内してあげる!!』

「ああ、助かるよ。本当にありがとう」

『お礼を言うのはこっち。綺麗な町も作ってくれたし、みんな感謝してるんだから!!』

「そっか。よかった……」

風もないのに、水の流れで船がスイーっと動くのは実にいい。

ウンディーネたちの水の踊りも美しい。潜《もぐ》っては飛び上がり、いくつもの水玉を作ってポンポン飛ばす……すごい。

『やっほーっ!! お兄ちゃんお兄ちゃん、気持ちいいよーっ!!』

クララベルはすっかり湖が気に入ったようで、ウンディーネたちと一緒に泳いでる。

ドラゴンの姿だがウンディーネたちは気にしていない。むしろ、珍しいのかみんな群《むら》がっていた。

ローレライもザパッと水中から浮上する。

『本当に綺麗な水ね……それに、この木の根が光を遮《さえぎ》らない程度に張り巡らされているから、ウンディーネたちの遊び場にももってこいだわ』

『姉さま姉さま、もういっかい潜《もぐ》ろうっ!!』

『はいはい……じゃ、行ってくるわ』

ローレライとクララベルは再び潜水《せんすい》した。気持ちよさそうだな……ちょっと羨ましい。

すると、ミュディが杖を取り出し、ミズキに言った。

「ねぇミズキちゃん。ちょっといい？」

『ん、なに？』

「ごにょごにょ……」

『ふんふん……おお、面白そう。わかった!!』

何かを相談し、ミズキは湖に飛び込む。

それからミュディが杖を掲げぽつぽつと詠唱を始めると、ミズキが水面から顔を出した。

『いいよー!!』

「よし。じゃあ行くよ……そうれっ!!」

ミュディの杖から小さな火の玉がいくつも飛び出し、空で弾《はじ》けた。

これは、ミュディのオリジナル魔法、『華緋《はなび》』だ。『爆破』という戦闘向けの魔法適性を持つミュディの、人々を楽しませ、喜ばせるための魔法。

『華緋《はなび》』の破裂に合わせ、ウンディーネたちが舞う。

「す、っごい……こんなの」

「にゃあぅ……」

「かーっかっか!!　酒が欲しくなるぜ、なぁ!!」

シェリーとミュアちゃんは瞬《まばた》きを忘れ、アウグストさんがゲラゲラ笑う。

バルギルドさんとディアムドさんも微笑を浮かべていた。

「すごいんだな。キレイなんだな!!」

「ほんっとね……もふもふ」

エルミナはポンタさんを抱き、さりげなくモフモフを堪能《たんのう》していた。

でも、『華緋《はなび》』とウンディーネたちの共演はしっかり見ている。

俺は、肩にフィルを乗せ、ウッドと一緒にこの光景を見ていた。

「すっげ……」

『きれー……はぁ、あとでみんなに自慢しよっ』

『スゴイ、スゴイ!!』

キラキラ輝く『華緋《はなび》』とウンディーネたちのダンスは、神秘的な美しさだった。

◇◇◇◇◇

当初の目的が船の試運転ということをすっかり忘れていた。

最初に船を下ろした場所に戻り、俺たちは村に帰ることにする。

船から下りると、ミズキが見送りに来てくれた。

『本当にありがとう。船を出す時は呼んでね、私たちが動かしてあげる!!』

「ああ、よろしく頼む。また来るから」

『うん!!』

こうして湖のナマズを退治して、『ウンディーネを救え計画』は無事に終わったのだった。

今後、船を出す時はウンディーネたちが操船してくれるそうだ。しかも楽しいダンスもおまけしてくれるとか。

ほんの思い付きだったが、船を造ってよかった。ミズキやウンディーネたちと知り合うことができたしな。

ウンディーネの湖に浮かぶ大きな船。これからも楽しませてもらおう。

第二十七章　不吉な予感

湖での大立ち回りから数日経った頃。

「えーと……ローレライとクララベルは、怪我も治って毎日楽しそうにしています。ローレライは図書館の司書になり、クララベルは子供たちの保護者役として……」

俺は診察室で手紙を書いていた。

ローレライとクララベルの近況を手紙に書いてドラゴンロード王国に報告することが、彼女たちがこの村に残留する条件の一つだったのだ。ちなみにこれらの条件は、ドラゴンロード国王からの手紙に書いてあった。シエラ様が書かせたらしいけど、詳細はよくわからない。近々、王様が直々に挨拶に来るとか書いてあるし……

実を言うと、ローレライとクララベルも、国王や王妃に宛てた手紙を書いている。

じゃあ俺はなんのために書いているのかというと、客観的に見た二人の状況を報告するためだ。いろんな視点から見た姉妹の様子を知りたいらしい……過保護だなぁ。

「……よし、できた」

「は〜い♪　じゃあ届けてあげるわね♪」

「……お願いします」

書き終えると、必ずシエラ様が近くに現れる。

まぁ、届ける手段が現状シエラ様だけだからなぁ。ありがたい。

それにしても、ドラゴンロード王国か。

ビッグバロッグ王国に匹敵する大国。王族は強い龍の力を持ち、ドラゴンに変身することができる。もちろん、ご存知の通りローレライやクララベルも変身できる。

王族以外の龍人は、『半龍人《デミ・ドラゴニュート》』と呼ばれ、ドラゴンの血を引いてはいるが薄く、身体能力が獣人の中で最も高い、くらいの種族だ。

まぁ、あんまり関わったことないから、このくらいしか知らない。

ビッグバロッグ王国とは仲良しで、国家間交流なんかもある。ローレライやクララベルと出会ったのも、ドラゴンロード王国から使者として来たからだよな。

「そんな大国のお姫様がこの村にいて、俺が国王に近況を報告するとは……」

ほんと、オーベルシュタインに来てから大変なことばかりだ。

まぁでも……悪くない。むしろ、かなり楽しい。

「……さーて、村の見回りがてら散歩でもするか」

俺は背伸びして、診察室をあとにした。

◇◇◇◇◇

村を見回り、住人たちに挨拶しながら歩く。

そういえば最近、センティに会ってないなと思い、魔獣解体場へ向かうと、デーモンオーガ一家たちと魔犬族の男衆が魔獣の解体をしていた。

「お疲れ様です」

「……む、村長か」

「お疲れ様です、村長」

俺の挨拶にそう返したのは、バルギルドさんと、魔犬族のベイクドさんだ。

何やら岩を運んでるようだけど……

「今回は、どんな魔獣を仕留めたんです？」

「ああ、ガーゴイルだ」

「……あ、相変わらずとんでもないですね」

ガーゴイルって、全身が岩で覆《おお》われている魔獣だろ？

もし王国内に現れたら、数百人規模の討伐団が結成されるレベルだぞ。

「フロズキーからの依頼でな。ガーゴイルの身体を構築している岩を集めてほしいと言われた。なんでも、『ロテンブロ』とやらを作るらしい」

「ロテンブロ？　まぁ、フロズキーさんがやるくらいだから、浴場に関係あるんでしょうけど」

「そうみたいです。ちなみに、ガーゴイルの体表である岩を剥がすと肉が出てきます。これがエラく美味いんですよ!!」

ベイクドさんがそう言うと、バルギルドさんは素手でガーゴイルの岩をベリッと剥がし、サシの入った美味そうな肉を見せてくれた。

俺は思わず声を出してしまう。

「おぉ～!!」

「銀猫族に届けておく。今夜を楽しみにしておくといい」

「はいっ、ありがとうございます!!」

「ふ、気にするな。オレたちとしても楽しみだからな。なぁベイクド」

「ええ、そうですね。バルギルドさん」

近くでは、ディアムドさんが剥がした岩石を運び、シンハくんとキリンジくんが内臓を掻き出して、センティに食わせていた。久し振りにセンティを見たけど、なんか全長が伸びてる気がする。

エイラちゃんも、ディアムドさんの手伝いをしようと岩石をプルプルしながら持ち上げ、ノーマちゃんが怪我をしないようにアシストし、その光景をアーモさんとネマさんが微笑ましげに眺めていた。ちなみにエイラちゃんが持ち上げた岩は推定百キロはある。小さくても俺より力持ちだった。

他の魔犬族男子二人は、ガーゴイルの骨を運んでる。よく見ると、骨が山のように積まれていた。

これらは、ディミトリの店で交換してもらえる。なんでも、魔界都市ベルゼブブの富裕層が、魔獣の骨格標本を観賞用で飾るらしい。金持ちの考えはよくわからん。

肉は村の物だが、骨はデーモンオーガ家族の物だ。

ノーマちゃんやエイラちゃんはチコレートと交換し、シンハくんとキリンジくんはなぜかお酒と交換しているようだ。どうやら、早く大人になりたいそうで、今からチビチビ飲んでるらしい。

バルギルドさん、ベイクドさんと別れ、解体場の隅でガーゴイルの内臓を食べてるセンティのもとへ。

『あ、村長!!』

「よう、お疲れさん」

センティはグッチャグッチャとガーゴイルの腸《はらわた》を食べていた……ごめん、かなり気持ち悪いです。

『いやぁ、この村に来てからいいことばかりや!!　ご飯は美味しいし、みんな優しいし、生きててよかったわぁ～!!』

「そ、そうか」

あの、肉片飛ばさないでくれる？　マジで気持ち悪いよ。

『最近はハイエルフの里の人たちもワイに慣れてきたんや。荷の積み下ろしもスムーズに進むようになったしなぁ』

「そりゃよかった。というか、お前の身体、少し伸びたか？」

『あ、わかります？　美味いモン食ったからやと思うで』

「……そういうもんなのか？」

『さあ？』

さあ？　ってオイ、なんか適当だな。

まぁ別にいいや。配達に支障はないようだし。

『あ、そういえば……』

「ん？」

センティは、首を傾げるように身体を揺らした。

なお、すでに内臓は完食。ほんとになんでも食べるんだな。

『そういえば、近くで『ワーウルフ』を見かけたで』

「ワーウルフ？」

『そや。人間の知能を持ったオオカミや』

「へぇ、じゃあ近くに村でもあるのかね」

ワーウルフか。新しい交易の香りがしてきた……

少年少女四人と共に勇者召喚された青年、安堂彰人。召喚主である王女を警戒して鈴木という偽名を名乗った彼だったが、勇者であれば『収納』以外にもう一つ持っている筈の固有スキルを、何故か持っていないという事実が判明する。このままでは、出来損ない勇者として処分されてしまう——そう考えた彼は、王女と交渉したり、唯一の武器である『収納』の誰も知らない使い方を習得したりと、脱出の準備を進めていくのだった。果たして彰人は、無事に逃げることができるのか!?

◆定価：本体1200円＋税　◆ISBN：978-4-434-27151-9　◆Illustration：おっweee

もふもふと異世界でスローライフを目指します！
Mofumofu to Isekai de Slowlife wo Mezashi masu!
1～4
カナデ
Kanade
転移した異世界は、魔獣だらけ!?
もう、モフるしかない。
待望のコミカライズ！
好評発売中！

この作品に対する皆様のご意見・ご感想をお待ちしております。
おハガキ・お手紙は以下の宛先にお送りください。

【宛先】
〒 150-6008 東京都渋谷区恵比寿 4-20-3 恵比寿ｶﾞｰﾃﾞﾝﾌﾟﾚｲｽﾀﾜｰ 8F
（株）アルファポリス　書籍感想係

メールフォームでのご意見・ご感想は右のＱＲコードから、
あるいは以下のワードで検索をかけてください。

アルファポリス　書籍の感想　検索

ご感想はこちらから

本書は Web サイト「アルファポリス」（https://www.alphapolis.co.jp/）に投稿されたものを、改稿、加筆のうえ、書籍化したものです。

大自然《だいしぜん》の魔法師《まほうし》アシュト、廃《すた》れた領地《りょうち》でスローライフ２

さとう

2020年 2月29日初版発行

編集ー藤井秀樹・宮本剛・篠木歩
編集長ー太田鉄平
発行者ー梶本雄介
発行所ー株式会社アルファポリス
〒150-6008 東京都渋谷区恵比寿4-20-3 恵比寿ｶﾞｰﾃﾞﾝﾌﾟﾚｲｽﾀﾜｰ8F
TEL 03-6277-1601（営業）　03-6277-1602（編集）
URL https://www.alphapolis.co.jp/
発売元ー株式会社星雲社（共同出版社・流通責任出版社）
〒112-0005 東京都文京区水道1-3-30
TEL 03-3868-3275
装丁・本文イラストーYoshimo
装丁デザインーAFTERGLOW
印刷ー中央精版印刷株式会社

価格はカバーに表示されてあります。
落丁乱丁の場合はアルファポリスまでご連絡ください。
送料は小社負担でお取り替えします。

ISBN978-4-434-27156-4 C0093